BLACK LAGOON
블랙라군
죄 많은 마술사의 발라드
UROBUCHI Gen
KB041054

BLACK LAGOON
블랙라군
죄 많은 마술사의 발라드

"……하늘의 달은 죄를 갚아줄 수 없다

Rock
Revy
Benny
Lotton
Sawyer
Shenhua
GTO

BLACK LAGOON

블랙라군

죄 많은 마술사의 발라드

UROBUCHI Gen
HIROE Rei

주요 등장인물

록 본명은 오카지마 로쿠로. 무역 회사의 회사원이었으나, 라군 상회에 납치당해 그대로 해적이나 다를 바 없는 운반책으로 전직.

레비 라군 상회의 총잡이. 통칭 '투 핸드(쌍권총)'. 울트라 다혈질.

더치 냉정침착한 행동과 판단을 내리는 라군 상회의 보스.

베니 라군 상회의 하이테크 기기 담당.

에다 폭력 성당의 수녀. 정체는 CIA 에이전트.

발랄라이카 러시안 마피아 '호텔 모스크바' 태국 지부의 여자 보스.

창 홍콩 마피아 '트라이어드(삼합회)' 태국 지부의 보스.

로튼 수수께끼에 싸인 '더 위저드'. 자타가 공인하는 나르시스트.

셴화 창이 고용한 중국인 보디가드. 통칭 '다요다요 언니'.

소여 어둠의 '청소부'. 인공 성대로 발성한다. 무기는 체인 톱.

트리시아 오설리번 미국 대부호의 영애. '운명'에 이끌려? 로아나프라에.

리우타오(陸韜) 푸젠(福建) 마피아 부다이방(布袋幇)의 멤버. 트리시아의 신병을 노린다.

딕 크루그랜드 로아나프라에서 리우타오의 가이드를 맡은 미국인.

◆ 프롤로그 – 어느 마술사의 경우

달이여— 밤하늘에 고고히 피어난 그대여.

사냥꾼의 여신 아르테미스. 희고 비정한 그 빛으로 어둠에 도사린 사냥감들의 안식을 파헤치는구나. 장난스럽게, 잔혹하게.

도망칠 곳을 잃어 화살에 꿰뚫리는 사냥감들의 단말마. 그 원한 서린 목소리에, 비탄에, 초초히 빛나는 천상의 그대는 과연 귀를 기울일까.

아니. 그대는 너무나 높고도 멀어 하계의 소란 따윈 들리지 않으리라. 사냥의 향연이 가져오는 피보라를 뒤집어써 더러워지는 일조차 없으리라.

그저 그대는 어두운 밤하늘에서 존엄하고 아름답게 빛날 뿐. 그 빛 앞에서는 무궁한 별들조차 낯빛을 잃고 일제히 입을 닫는구나.

아아, 죄 많은 하얀 꽃. 누가 그 오만함을 심판하리오.

아아, 고고한 하얀 꽃. 누가 그 가책을 용납하리오.

그대는 영원히 속죄할 길 없는 죄를 짊어진 채 그저 홀로, 한밤의 높은 곳을 지나갈 뿐. 그 고독, 그 고립이야말로 그대에게 부과된 유일한 벌. '아름다움'이라는 카르마에 신이 내린 응보의 고통이리라.

그렇다면 나 또한— 고독과 함께 감내하리라. 어쩔 도리 없는 죄의 대가를.

지금 또 한 사람, 선망과 동경으로 눈을 적신 소녀를 앞에 두고 나는 또 하나 새로운 죄를 짊어진다.
그대는 모르리라. 나의 저주받은 숙명을.
슬픔만을 초래하는 불성실한 미(美)의 재앙, 그것이 그대를 사로잡은 사랑이라는 이름의 마술.

속죄할 길 없는 죄의 무게에 신음하는 밤에는 부디 잃어버린 것을 애달파하는 눈물을.
언젠가는 멈출 여로의 끝에서, 아직은 돌이킬 수도 있으리라 믿고 싶구나.
나는 잔혹한 이 운명에, 하다못해 그 정도의 자비를 염원할 뿐.

나는 마술사.
지상에 있어서는 안 될, 고고한 달의 동반자—

◆ 이디스 블랙워터의 경우

버지니아 주 랭글리. 포토맥 강을 내려다보는 산등성이 위, 단풍나무와 소나무의 그늘 속에 몸을 숨기듯 서 있는 건물. 그곳이 나의 옛 터전이다.

처음 CIA 본부 입구에 들어섰던 것이 막 NHB(New Headquarters Building, 신본부동)가 완성되었을 무렵이니, 벌써 이래저래 8년쯤 전이구나. 먼 인도네시아의 임지에서 오랜만에 귀향한 나를 맞아 준 네이선 헤일 동상에서는 그 무렵과 무엇 하나 달라진 점을 찾아볼 수 없었다. 그로부터 세계는 시시각각, 그야말로 내가 상상조차 할 수 없을 만한 변화를 겪어 왔는데도.

OHB(Original Headquarters Building, 구본부동) 로비 벽의 비문에는 이런 말이 새겨져 있다.

And ye shall know the truth, and the truth shall make you free.
진리를 알지니, 진리가 너희를 자유롭게 하리라.

– 요한복음 8장 32절 –

처음 이 비문을 보았을 때는 숭고함에 가슴이 뛰지 않았던 것도 아니다. 이제는 그것이 얼마나 공허하고 무의미한 말인지 뼈에 사무치게 이해하고 있지만.

91년 말, 숙적 KGB가 모스크바의 미국 대사관에서 벌레(도청기)를 철거하고 이를 도청 계획서와 함께 직접 대사에게 건네주었을 때, 우리의 냉전은 끝났다. 생각해 보면 그때가 모든 일의 전환점이었으리라. 그 후로 CIA는 싸워야 할 적을 잃었다.

한번은 폐지론까지 대두되었던 우리가 존재 의의를 주장하기 위해 새로운 위협으로 의회와 대통령에게 선전한 것은 일본의 경제 전략. 그러나 값싸고 연비 좋은 일본 차의 수입에 관여하는 동안 우리는 더 심대한 위협인 테러와 마약 문제를 간과했고, 여기에 대처한다는 대의와 영예를 FBI니 NSA에 고스란히 빼앗겼다. 지당한 이치. 과거 무자히딘에게 배포 좋게 무기를 공급해 주었던 것도, 코카인 부자 노리에가 장군과 잔을 나누었던 것도 우리 CIA였으니까. 동구의 붉은 거인과 놈의 권속에 맞서기 위해 강구했던 수많은 모략이 돌고 돌아 어머니 같은 조국에 먹구름을 드리울 줄이야 누가 상상할 수 있었으랴.

이제는 의회도, 그리고 대통령마저도 우리의 존재 의의를 의심한다. 예산은 해마다 삭감되고, 베테랑 작전 요원은 하나하나 사표를 낸다. 메인 게이트 앞의 노상에서 테러리스트가 AK를 난사해 CIA 국원 중 다섯 명의 사상자가 발생한 사건에서도 취임 닷새째였던 대통령은 조문조차 없이 영부인을 대리로 보냈을 뿐이었다.

과연 우리가 과거의 영화를 되찾을 날이 오기는 할까? 아무도 모른다. 단 한 가지, 이것만은 틀림없다고 단언할 수 있다. —만일, 가령, 재생으로 가는 활로가 있다 하더라도 그것은 한없이 전도가 다난한, 험한 여정이 되리라.

리처드 레이븐크로프트는 아직까지 컴퍼니에 남은 소수의 현장 출신 베테랑 첩보원이다. 이제는 최전선에서 물러나 DI(Directorate of Intelligence, 정보분석국) 제2과 과장을 맡은 그는 나의 옛 은사이며, 내가 태국에서의 작전 행동을 보고할 의무가 있는 직속 담당 상사이다.

그러나 브리핑 룸에서 나를 기다리던 것은 레이븐크로프트만이 아니었다. 또 한 사람은 대릴 랜싱……. 내가 알기로는 신임 장관이 취임했을 때의 인사 발령에 따라 DO(Directorate of Operations, 작전본부) 부부장에 임명되었던 자다.

소환되자마자 부부장 나리께서 직접 납시다니, 벌써부터 등줄기가 불길한 예감에 술렁거리기 시작한다. 싸늘하고 무뚝뚝한 레이븐크로프트의 얼굴과 괜히 들뜬 것처럼 싱글거리는 대릴의 얼굴이 가져다주는 대비가 불안에 한층 박차를 가했다.

"어서 오게, 에다. 오랜만에 들른 본토는 어떤가?"

우선 노고를 치하하는 말을 건넨 것은 대릴 쪽이었다. 레이븐크로프트는 여전히 입을 다문 채 눈으로만 말없는 사인을 보냈다. —경계하라. 절대 이야기의 흐름에 말려들지 말라.

싸늘한 회색 눈동자가 그렇게 말했다.

"……글쎄요. 북반구의 추위에 몸이 익숙해져 버리기 전에 임지로 돌아가는 것이 좋지 않을는지."

"흐흐, 이제는 자네도 어장(魚醬)과 메기 요리의 포로가 됐나? 나 같으면 사흘도 못 견딜 식생활이네만."

나는 쓸데없는 농담에 맞장구도 치지 않고 무표정을 유지해 냉큼 본론에 들어가자고 재근하기로 했다. 과연 내 의도가 전해졌는지 어떤지는 모르겠지만 대릴은 짐짓 헛기침을 한 번 하더니 말을 이었다.

"NSA의 차이나피트 작전이 좌절된 건 우리로서도 오랜만에 들어 보는 통쾌한 뉴스였네. 이번 건으로 놈들도 자기네가 해야 할 일의 영역에 대해 어느 정도는 인식을 재고할 마음이 들었을 거야."

NSA— 국가안전보장국은 최근 들어 우리 CIA의 성역 직분, 다시 말해 해외에서 전개하는 합중국의 안전보장 활동 분야를 거리낌 없이 짓밟는 경향이 있다. 이제는 간과할 수 있는 한도를 넘어선 그 횡포에 소소한 견제를 가하기 위해, 얼마 전 나는 임지 로아나프라에서 NSA의 비밀공작 부대에 모종의 사보타주 공작을 전개했다. 몇몇 예측하지 못한 사태가 벌어지기는 했으나 결과적으로 우리의 당초 목적은 달성되어, NSA의 계획은 아무도 예상하지 못했을 비참한 결말을 맞기에 이르렀다.

나의 작전행동에 GO 사인을 내려 준 명령 체계에 대릴 부부장 또한 당연히 한 자리를 차지하고 있다. 다소 거창하게 치하한다 해도 의심할 필요는 없다. ―그러나 레이븐크로프트의 경고를 고려한다면 순순히 기뻐할 수만도 없다.

"아무튼 작전이 실패로 끝난 원인에 대해 NSA 놈들이 무엇 하나 확증을 얻지 못했다는 점은 높이 살 만한 일일세. ……뭐, 놈들 머리도 허수아비보다는 나으니 로아나프라에서 무언가가 일어났다는 것까지는 눈치를 챘겠지. 그러나 누가, 어떻게 '그레이 폭스' 부대를 함정에 빠뜨렸는지, 그 대답에는 전혀 도달하지 못했네."

당연한 노릇. 그렇기에 우리가 행동에 나설 수 있었던 것이다. 외부인들이 본다면 이번 방해 공작은 추악한 내부 분열일 뿐이다. 누가 뭐래도 나는 미국 시민의 세금이 들어간 계획을 실패로 돌렸으며, 그 결과 적잖은 미국 병사의 피가 흘렀다. 진상이 밝혀지면 의회는 혈안이 되어 우리를 탄핵하리라. 그만큼 민감한 작전이었다.

"이번 성과는― 물론, 자네의 교묘한 상황 판단에 힘입은 바가 크다는 것은 잘 아네만― 내가 보기엔 말일세, 그 로아나프라라는 도시의 정세에야말로 승리의 열쇠가 있었던 게 아닌가 싶거든."

변사처럼 활달하게 말하는 대릴의 어조에 아주 살짝 변화가 생긴 것을 놓치지 않았다. 무슨 꿍꿍이인지는 몰라도, 이 책사가 드디어 나를 수상쩍은 뒷골목으로 끌고 가려 한다.

자, 이제부터는 대화 한마디, 한마디에 세심한 주의가 필요하다.

"NSA만이 아닐세. 누가 됐든 그 도시의 어두운 면을 꿰뚫어 보고 진실을 파헤치기란 불가능할 테지. 그만큼 농밀하고 복잡한 비밀의 베일을, 그 도시의 범죄자들은 자신의 결계에 펼쳐 놓고 있네. 그리고 우리는 그 베일 안쪽에 확고한 교두보를 확보한 셈일세. 자네라는 공작원을 말이지."

"교두보―라고요?"

그 말에서 제일 먼저 번뜩인 연상은 D데이의 오마하 해변. 이 또한 본능에서 온 위험신호가 아니었을까.

"자네와 시스터 욜란다와의 협조 관계는 여전히 반석이라 보아도 되겠나?"

"……현재는 서로 이해가 일치함을 인식하고 있습니다. 물론 어디까지나 '현재는'이지만요."

나는 이런 상황에 자신을 어필하기 위해 낙관론을 늘어놓을 만큼 어리석지 않다. 물론 대릴은 바로 그러한 성급한 실수를 기대한 눈치였지만.

"자네도 알다시피 현재 CIA는 빈말로라도 풍요로운 환경이라 하기는 힘드네. 우리들의 장관님부터가 의회와 대통령의 눈치를 살피느라 전전긍긍하니. 흔히 말하는 폴리티컬 커렉트니스(Political Correctness)라네. 모든 정부 기관은 공명정대할지어다, 뭐 그런 거지."

현재의 장관이 고참 스태프들 사이에서 매우 평판이 좋지 못한 인물이라는 이야기는 멀리 지구 반대편에서 근무하는 내 귀에까지 들린다. 그러나 설마 부부장 정도 되는 사람이 이리도 공공연히 비난을 입에 담을 줄이야.

"그 구제 못할 토리첼리 룰이 가장 그렇지. 비밀공작원을 현지에서 채용할 때는 반드시 본부의 승인이 필요하다니…… 그야말로 에다, 임지에서 고생하는 자네 같은 스태프들에게는 구제 못할 이야기 아닌가?"

"……."

토리첼리 룰이 헛소리인 것은 사실이다. 따지고 보면 CIA가 과테말라에서 온갖 악행을 저질렀던 어떤 장군을 에이전트로 고용했다가 언론에 들통 난 것이 원인이었다. 전과가 있는, 혹은 소행에 문제가 있는 인물을 쓴다면 미국의 위신에 흠집이 간다는 것이다.

그러나 헛소리는 어디까지나 헛소리. 헛소리를 액면 그대로 받아들이니 문제가 발생한다. 나 같은 경우 '본부 심사 의무' 통달을 받았을 때는 오히려 '뒤가 구린 행동은 본부에게도 들켜서는 안 된다.'는 각오를 새로이 다졌다. 실제로 얼마 전의 NSA 저지 작전에서도 나는 차이니즈 마피아 트라이어드의 간부와 접촉해 상황을 움직였다.

물론 이처럼 대담한 수법도 로아나프라라는 지역의 특이성이 있어야 가능하다. 만일 CIA와 트라이어드의 관련성을 냄새 맡은 저널리스트가 그 도시에 잠입한들 그놈은 하룻밤도 버티지 못하고 물고기 밥이나 돼지 밥으로 전락할 것이다.

"우리에게는 밀실이 필요하네. 그 어떤 기밀도 흩어져 사라지지 않을 정보의 블랙홀. 결코 의회에서 도마 위에 올려놓지 못할, 아니, 감지조차 할 수 없는 '커튼의 뒷면'이 말일세."

나의 침묵을 긍정으로 받아들였는지 대릴은 목소리에 한층 친밀함을 담아, 마치 공범자와 대화를 나누는 듯한 어조로 말을 이었다.

"자네의 도시 로아나프라에서라면 우리도 과거의 힘을 되찾을 수 있지 않을까 생각하네. 온갖 간섭으로부터 해방된 환경에서, 이번에야말로 충분히 국방상의 문제를 다룰 수 있지 않을까 하고 말일세."

그 말에 담긴 위험성에는 아무리 나라고 해도 무표정과 침묵을 유지할 수 없었다.

"부부장님…… 부부장님이 말씀하시는 '온갖 간섭'이란, 국장님의 방침까지도 포함되는 것입니까?"

"그렇게 하지 않을 수 없는 필연성을 자네라면 이해할 수 있을 텐데."

물론 이해는 한다. 현재의 랭글리가 이제는 첩보 기관으로서 겉치레조차 유지하기 힘들 만큼 알맹이가 빠져나갔다는 것도 잘 안다. ―그러나 '이해'와 '동의'는 전혀 다르다.

"……현재 국장님의 방침은 현행의 정책에 따른 결과입니다.

이를 무시하고 DO가 독자적으로 움직인다면…… 그것은 다시 말해 프레지던트의 의향조차 무시한다는 뜻입니까?"

당혹과 낭패를 꾸밈없이 노골적으로 드러낸 내 목소리에 대릴은 자못 심각한 척 미간에 주름을 잡으며 대답했다.

"대국을 봐야 하지 않겠나. 우리는 대통령이라는 한 위정자 개인에게 충성해야겠나, 아니면 이 합중국의 미래에 충성해야겠나?"

"……."

국방— 그렇다. 분명 그 측면에서 우리나라는 유례를 찾기 힘든 위기 상황에 있다.

역사상 가장 윤리적인 정권이 되리라 선언하고 화이트하우스에 입성한 현재의 대통령은 경제와 내정에만 주력한 나머지 대외적 안전보장에는 전혀 관심을 두지 않는다. 특히 첩보 분야에 대한 몰이해는 심각하다. 그가 당선된 다음 날 브리핑을 하러 갔던 CIA 담당관은 문전박대를 당했으며, 심지어 전임 국장은 재임 중에 대통령과 단 두 번밖에 접견하지 못했다.

"그는 선제공격으로 후세인을 칠 절호의 기회조차도 골프 관전 때문에 던져 버린 자일세. 언젠가 우리나라는 이 태만의 대가를 치러야 할걸. 수단에서 빈 라덴의 신병을 확보하지 못했던 것도 훗날 얼마나 큰 재앙으로 돌아올지, 도저히 짐작도 안 가네."

미래의 합중국에 충성한다— 대릴은 그렇게 주워섬겼다. 그러나 그 미래의 국가상이란 어떤 것일까? 첩보 기관이 국가원수를 무시하고 독주하는 체제를 과연 우리는 미국이라 불러도 좋단 말인가.

가슴속의 당혹감을 시선에 담아 나는 레이븐크로프트를 슬쩍 쳐다보았다. 그러나 상사의 표정은 강철 같은 무표정을 가장한 채 아무 반응도 보이지 않았다. 다시 말해, 사태는 이미 그의 도움을 기대할 만한 국면이 아니라는 소리다.

그렇군. 이것은 엄청난 난국이다.

* * *

리크루트 슈트를 수녀복으로 갈아입는 것보다도 더 확실하게 '전환'에 도움을 주는 것은 도수 없는 무테안경을 폭스 스타일 선글라스로 바꾸는 것이다. 이렇게 '이디스'는 '에다'가 된다.

시스터 에다라고 하면, 로아나프라 시내에서는 나름 알려진 이름이다. 시내의 무기 유통을 한 손에 거머쥔 '립 오프 성당'의 바운서. 대가로 온갖 지저분한 일을 도맡게 되기는 하지만, 그 덕에 철벽같은 커버(위장 신분)를 얻을 수 있다면 싸게 먹히는 거다.

성당을 맡은 애꾸눈 노수녀 욜란다와의 공존 관계는 피차 잔꾀를 부리지 않는, 매우 신사적인 것이다. 욜란다 할멈은 내 배경의 위협성과 동맹으로서의 가치를 올바르게 파악하고 있으며, 나

또한 그 요괴 같은 노파를 제치겠다는 자만심은 없다. 지난 세계 대전 당시, 다시 말해 우리 어머니에게 초경이 오기도 전부터 갈고리 십자가를 짊어지고 여자의 무기로 첩보전을 헤쳐 나온 독부(毒婦)인 것이다. 스파이 업계라는 것에 대해 뒷사정의 뒷사정까지 속속들이 파악하고 있는 그녀 앞에서는 내 보스 레이븐크로프트조차 애송이가 된다.

야트막한 언덕 위에 십자가를 세운 성당은, 놀라지 말지어다. 정식으로 바티칸에 등기된 참된 신의 집이다. 책임자인 시스터 욜란다가 대체 무슨 수단으로 세례증을 사들일 수 있었는지……. 그 경위에는 분명 사해문서보다도 무시무시한 비밀이 감추어져 있을 것이다.

그녀의 신뢰를 얻어 놓고 히든카드를 감추어 두는 것은 금기지만, 아무리 그래도 이번 건만큼은 어떻게 해야 할지 고민되었다. 그렇다고는 해도 욜란다를 제쳐 놓고서는 아무 일도 시작할 수 없다. 결국 나는 오랜만의 귀향에 대해 숨김없이 털어놓기로 했다.

"거, 참으로 복잡해졌구먼."

그렇게 탄식하는 욜란다의 얼굴은 칭얼거리는 손주를 달래 주는 자상한 할머니가 바로 이렇지 않을까 싶을 정도로 온화했다. 뭐, 그런 인상도 해적 같은 험악한 아이패치가 모조리 망쳐 버리고 있지만.

"누가 아니래요. 암만 한식구라고 해도……. 이번만은 DO 놈들이 제정신인지 의심할 지경이에요."

시스터 욜란다는 '에다'와 '이디스'가 둘 다 이야기를 나눌 수 있는, 유일하다고 해도 과언이 아닌 상대다. 보통 내 배경에 대한 상담은 '이디스'에게 맡겨 놓지만 회사 문제에 불만을 토로하고 싶을 때는 '에다'인 채로 이야기할 때도 있다.

"다시 말해, 이 도시를 랭글리 전용 변소로 만들겠다는 심산이죠. 사람 눈을 피해야 하는 안건이라도 로아나프라로 잘 유도하면 처리하기 편하니까요. 여기서 일어난 사건은 절대 외부에는 흘러나가지 않으니 아무에게도 똥 냄새 풍기지 않은 채 두 다리 쭉 펴고 잘 수 있다, 뭐 그런 거 아니겠어요."

"그리고 자네 나라 윗분들은 일부러 엉덩이를 들고 태국 오지까지 찾아오셔야 할 만큼 냄새나는 것들을 싸지르실 생각인가?"

"같은 합중국 사람— 어엿한 미국 시민에 대한 납치 공갈이에요. 뭐, 전대미문이죠."

"어이쿠……."

짐짓 무섭다는 듯 성호를 긋는 욜란다. 누가 봐도 반쯤 장난에 가까운 몸짓이지만 내 입장에선 웃을 일이 아니다.

원칙상 대외 첩보를 본업으로 삼은 CIA가 국내에서 작전을 전개한다는 것은 최악의 터부다. 닉슨이 워터게이트에서 저질렀던 불장난을 흉내 내려는 바보는 절대 존재해서는 안 된다.

하지만 같은 미국인이라 해도 외적의 위협을 자의적으로 불러들이는 존재일 경우에는 선을 긋기가 약간 어려워진다. —이를테면 의회에조차 강한 영향력을 가진 경제계의 거물이 중국 본토의 권력자와 외척 관계가 되려 할 경우, 이를 저지하는 것은 '방첩'의 범주에 들어가는 행동이 될까?

"시스터께선 필립 오설리번이라는 이름을 아시나요?"

"연 매상 300억 달러를 자랑하는 해운 회사 오설리번 코퍼레이션의 CEO. 샌프란시스코 방파제를 쌓던 인부 출신에서 시작해 당대에 부를 쌓은 아메리칸 드림의 화신……. 흠잡을 데 없는 신사라지?"

역시 대단하다. 정계, 경제계의 중요 인물에 대해 이 노파의 지식은 국경을 두지 않는다.

"그럼 그 필립 사장이 중국 공산당의 거물 고참 당원과 내밀한 관계라는 이야기는요?"

"들어 본 적은 있네. 청순티엔(曾舜天). 중앙대외연락부장 같은 자리를 역임하고 있는, 암흑가 사정에도 훤한 국제파. 소문에 따르면 자기 지역인 푸젠(福建) 성의 흑사회 '부다이방(布袋幇)'하고도 손을 잡고 있다는, 상당한 수완가라던데."

필립과 청순티엔의 관계는 두 사람이 젊었던 노동 청년 시절까지 거슬러 올라간다. 반세기 남짓한 세월도, 국가와 이데올로기의 차이도 두 사람의 우정에 균열을 일으키지는 못했다. 그 오랜 인연이 21세기를 앞두고 터무니없는 결실을 맺으려 하는 것이다.

"아직 공공연히 드러나지는 않았지만…… 필립은 딸 트리시아를 청순티엔의 손자에게 시집보내려 한다고 해요."

"아하앙……. 그거 엉클 샘에게는 참 복잡하겠구먼."

향후 미국의 대중국 정책을 고려한다면 이것은 간과할 만한 사태가 아니다. 청순티엔의 일족은 아들도 중국공산당의 중앙서기처 서기이며, 장래에는 중앙정치국 상무위원까지도 오르리라는 소문이 나는 인물이다. 손자 또한 당 요직에 오르리라는 것이 확실시되고 있다. 그런 자들이 미국의 경제계에 혈연이라는 굵은 파이프를 가지게 된다는 뜻이다. 국방상의 관점에서 본다면 이 혼담은 무슨 일이 있어도 회피해야 할 '위기'였다.

"노려야 할 곳은 청순티엔과 푸젠 마피아의 유착관계예요. 건달패와 손잡은 일족과 혈연이 되면 위험하다고 필립 씨에게 수긍시킬 수만 있다면, 두 사람의 우정에 쐐기를 박는 것도 가능하겠죠."

"……그래서 DO가 생각한 게 이 '페르세포네 작전'이란 게로구먼."

욜란다는 손에 든 작전 요강 사본에 시선을 떨구고 깊이 탄식했다.

"에다, 넌 이 작전의 성패에 대해 어떻게 생각하느냐?"

"최선의 결과를 낳는 것까지야 뭐 무리라 해도, 차선의 결과로 마무리할 수만 있다면 편할 거예요."

계획의 내용은, 말하자면 납치 사기였다.

트리시아 오설리번을 태국까지 유인해 그곳에서 신병을 확보하고 로아나프라에 감금한다. 아울러 대외적으로는 '납치 사건의 해결에 분주하는 CIA'를 가장하여 필립 사장에게 접근해 그를 설득하고 청 가문과의 교우를 유지하는 것이 얼마나 위험한지를 이해하게 만든다. 만일 필립이 수긍해 딸의 안전과 맞바꿀 수 있다면, 청순티엔과의 우정 따윈 버려도 좋다고 마음을 고쳐먹는다면 트리시아를 풀어 주어 여차할 때 의지할 수 있는 것은 미국의 동포뿐임을 이해시킨다. ―이것이 시나리오로 보았을 때는 최선의 결과.

"물론 청순티엔도 가만히 있지는 않겠죠. 아무리 그래도 미래의 며느리가 위험에 빠졌으니까요. 게다가 아가씨가 사라진 현장이 아시아라면 그야말로 부다이방의 연줄을 이용해서라도 사태를 수습하고자 나설 거예요."

"그럼, 필립 씨가 마지막까지 CIA보다도 청순티엔의 인맥을 의지할 때는 어떻게 되지?"

"그때는― 가엾은 트리시아 양은 관에 실려 귀국하게 되겠죠."

그래도 오설리번 가문과 청 가문 사이의 혼담은 없앨 수 있으니 당초 목적은 달성한 셈이 된다. 이것이 차선의 결과다.

물론 필립 씨의 설득에 실패했을 경우만이 아니라 트리시아를 계속 붙잡아 놓는 것이 어려워질 경우에도― 이를테면 청순티엔의 연줄이 트리시아의 행방을 밝혀내 그녀를 탈환할 공산이 생겨났을 때에도 이 전개에 이르게 된다.

"……달리 스마트한 방법이 얼마든지 있을 텐데 말이야. 미국 스파이도 질이 떨어졌구먼."

"뼈아픈 말씀이지만 동감이에요. 이딴 식이니 NSA가 우습게 봐도 할 말이 없죠. 뭐, 투덜거린다고 일이 편해지는 것도 아니지만요."

아무리 바보 같은 계획이라 해도 실패했을 때 무능하다는 딱지가 붙는 것은 현장 사람이다. 이것만은 어느 시대나 변함없는 부조리다.

"원활하게 상황을 수습할 가능성이 있다고 한다면…… 이젠 납치를 담당할 공작원의 실력을 기대할 수밖에 없겠어요."

"실력 좋은 놈들이 있나?"

"글쎄요, 어떨지. 외주라서요. 평가 보고를 어디까지 진지하게 받아들여도 되는가에 달렸어요."

일단 트리시아의 생환을 전제로 작전을 진행하는 이상 그녀와 접촉하게 될 유괴 실행범으로 직속 인원을 사용할 수는 없다. 나 자신도 분명 트리시아의 납치와 감금에는 직접 관여하지 않은 채 간접적인 지원과 연결 역할에만 치중하겠지.

이번에 DO가 마련한 에이전트는 카디너스 셔링엄이라는 남자다. 최근 남미에서 유행하는 유괴 비즈니스로 돈을 엄청나게 긁어모으는 프로라고 한다. 국적은 네덜란드지만 출신지는 불명. 기록에 남은 나이는 28세.

"원래는 암스테르담의 시시한 포주밖에 안 되는 놈이었는데, 이놈한테는 이상한 특기가 있거든요. 뭐라더라? 납치한 타깃을 정신적으로 지배해 버린다나."

"정신 지배? 최면술이라도 쓴다던가?"

"글쎄요. 아무튼 납치당한 희생자는 다들 유괴범에게 엄청 호의를 품게 돼서, 도와주러 온 경찰관에게 저항하고 수사를 방해하기도 한대요."

스톡홀름 증후군이라 불리는 현상이 있다. 장기간에 걸쳐 납치 감금된 희생자가 범인에게 과도한 동정이나 신뢰, 호의 같은 의존 감정을 품게 되는 일이다. 셔링엄이라는 자가 무슨 수를 쓰는지는 모르겠지만 타깃에게서 그런 감정이입을 더욱 강렬하게, 아울러 단기간 내에 얻어낸다고 한다.

"납치한 상대가 그대로 공범이 되어 주는 셈이니, 그야 일도 편해지겠죠. 그런 이상한 수법으로 이름을 떨친 끝에 붙은 별명이 '위저드'……. 어쩌면 진짜 최면술 정도는 쓸지도요?"

셔링엄은 과거에도 몇 번인가 CIA에게서 업무 위탁을 받았다고 한다. 코드네임도 그대로 위저드. 당사자도 이 호칭이 꽤나 마음에 들었나 보다. 지난 1년 동안에는 행방을 감추었던 것 같지만 DO는 아직도 접촉할 수 있는 채널을 확보해 둔 모양이다. 보고서에는 얼굴 사진도 있었지만 성형수술로 얼굴을 바꾸었을 가능성도 있으니 믿을 만한 것은 못 된다.

"위저드라……."

괴상한 코드네임을 중얼거리며, 욜란다는 무언가 마음에 걸리는지 연신 고개를 갸웃했다.

"분명 이 도시에도 같은 별명을 쓰는 남자가 있지 않았나?"

"네? 그야 뭐……."

있기는 있지만.

그 친구는 마술사라기보다는 광대가 아닐까. 하기야 뭐, 매번 그렇게 요상한 짓을 하고서도 어째서인지 아직까지 잘 살고 있으니 그 천운은 마법 같긴 하다.

“로아나프라에선 신참 축에 들지? 요 근방에서 보이게 된 시기가, 이 셔링엄이라는 사내의 휴직 기간하고 딱 겹치는데.”

“그 친구가요? 하하. 에이, 그건 아니죠.”

인심을 장악하는 수단에 탁월한 마술사이자 CIA의 비합법 에이전트— 그런 프로필과는 하늘과 땅만큼 떨어진 인물이라고밖에는 말할 도리가 없지 않나, 그 작자는.

“하하하. 에이, 설마요. 아하하하…….”

◆ 트리시아 오설리번의 경우

아아, 진짜 뭐가 이렇게 됐담. 완전 끝장.

태국이란 데는 뭐랄까, 좀 더 트로피컬하고 정열적이고, 쨍쨍한 햇살에 푸른 바다랑 하얀 백사장이 반짝반짝 빛나는 천국 같은? 그런 나라여야 하잖아.

그런 낙원이 아니고선 만날 수 없는 운명이 있다고 생각해서, 뱃멀미도 꾹 참고 승무원들에게 들키지 않도록 이리저리 숨고 도망치면서 열흘도 넘게 물이랑 프레첼이랑 육포만으로 끼니를 때우며 고생고생 왔던 건데.

겨우 육지에 도착했을 때는 그저 더 이상 흔들리지 않는 지면이 있다는 것만으로도 온갖 것들에 관대해졌지만, 그래도 역시 아니야. 이 로아인지 뭔 프라인지 뭔지 하는 동네는, 저어얼대로 태국답지 않아.

일단 냄새가 지독해. 생선이며 물이며 이런저런 것들이 썩은 것 같은 끔찍한 냄새. 마치 청소하지 않은 수도관 안쪽처럼 참을 수 없는 냄새가 항구에서, 길가에서 풀풀 풍기는 바람에 그냥 토할 것 같다고. 청소국은 뭘 하는 거람? 불평 때문에 전화가 폭발했나? 아니면 여기 사는 놈들은 다들 전부 코가 어떻게 돼서 이 냄새를 모르고 사는 거야?

덤으로, 더운 것뿐이라면야 뭐 어떻게든 넘어가겠지만, 왜 이렇게 끈적거리는데? 그 탓에 땀이 멈추질 않아서 속옷이며 뭐며 전부 끝장. 완전 찝찝해. 이럴 줄 알았으면 배 안이 차라리 나았지. 찾아보면 시원한 곳도 있었고, 예비 선실에 숨어들어서 샤워도 할 수 있었고.

주위에서 냄새가 나는 것뿐이라면 그나마 넘어가 줄 수도 있어. 그래도 내 몸에서까지 냄새가 나는 건 절대 용납이 안 돼. 그야 흔들리지 않는 지면도 소중하지만. 그것도 에어컨이랑 샤워랑 폭신한 침대가 있어야 할 수 있는 소리지. 냉큼 호텔을 찾고 싶어도 이딴 동네에서 제대로 된 호텔을 찾을 수 있을지, 어떨지 의심스러워. 바퀴벌레 같은 게 나오면 객실째로 태워 버릴 거야.

아무튼 관광 안내소라도 없는지 얼쩡거려 봤는데 30분 만에 찜통더위에 신물이 났고, 게다가 이젠 길도 모르겠고, 뭐든 좋으니 시원한 음료라도 마시면서 한숨 돌릴까 하고 적당한 주점에 들어가 봤더니— 거기가 또 더더욱 완전 끝장. '바람과 함께 사라지다' 영화 세트 같은 촌스럽고 낡고 지저분한 인테리어에다, 고개 맞대고 모여 있던 손님들은 마치 찰스 브론슨과 미스터 T와 다니엘 토레조가 수간 파티에 참가해 암퇘지에게 낳게 한 게 아닐까 싶을 정도로, 오크인지 트롤인지 모를 인간 짝퉁뿐인걸.

태국이 아냐. 절대로 이딴 건 태국이 아냐. 여긴 아마 스컬 섬이나 모르도르일 거야. 분명 그럴 거야.

하지만 화내도, 소리쳐도 새삼 뭐가 달라지는 것은 아니니, 어쩔 수 없이 난 머리를 짧게 깎고 옷을 빼입은 푸 만추 같은 바텐더에게 진저에일을 주문하고 가게 제일 구석에 있는 테이블에 앉아 앞으로 어떻게 할지를 생각해 보기로 했어.

이런 소돔과 고모라 같은 도시에 '운명의 만남'이 기다리고 있겠어? 아마 제일 현명한 선택은 지금 당장 샌프란시스코로 돌아가는 거겠지. 그렇지만 비자도, 여권도 없이 온 나는 지금 당장 공항에서 티켓을 살 수도 없어. 그렇다면 왔을 때와 마찬가지로 큰 배에 몰래 숨어들 수밖에 없는데, 태어나서 처음 해본 밀항이 그렇게 순탄했던 건 연애점 사이트의 계시대로 행동한 덕에 행운이 행운을 불러 신기할 정도로 쉽게 상황이 굴러가 준 덕분이니까, 다음에 탈 배에서도 똑같은 행운이 이어질지 어떨지, 다시 한 번 점 사이트에서 알아봐야 해. 애초에 샌프란시스코 가는 배를 찾으려 해도 항구까지는 어떻게 돌아가야 한담? 어디를 어떻게 걸어서 이 가게까지 왔는지 떠올리는 것만도 한 고생— 아니, 그게 아니지. 돌아갈 계획을 짜는 것 자체가 애초에 잘못이야. 그럼 내 결의는 뭐였어? 새삼스레 싸움에 지고 꼬랑지 만 개처럼 어슬렁어슬렁 집에 돌아가서 아빠가 시키는 대로 인생을 산다니, 죽어도 싫어. 스스로 '운명의 만남'을 찾으려면 이대로 계속 나아가야 해.

그럼 어디로?

……일단 당면 과제로, 나는 눈앞의 테이블에 놓인 잔의 진저에일이 진짜로 마실 수 있는 건지 어떤지 우선 그것부터 생각하

기로 했어. 겉보기에는 평범한 색이지만 이상한 첨가물 같은 게 들어가진 않았겠지. 애초에 글라스는 제대로 닦은 걸까.

"—저기, 아가씨, 잠깐 실례해도 될까?"

내가 조금 집중해서 탄산의 거품을 들여다보고 있는 사이에, 하필이면 헌팅이.

이런 촌구석 중에서도 촌구석의 바에서? 농담도 어지간히 해줬으면. 그래도 난 일말의 기대와 함께 고개를 들었고— 현실의 비참함을 톡톡히 깨달았지.

참으로 못 미더워 보이는 동양인. 어정쩡한 미소도 그렇고, 땅딸막하며 짧은 팔다리도 그렇고, 까놓고 말해 내 타입이 아니야. 게다가 무슨 생각인지 여피족 비즈니스맨 같은 반팔 셔츠에 넥타이 차림. 바보 아냐? 아니면 아시아에선 이런 차림으로 여자를 꼬이는 게 유행인 걸까?

애초에 난 동양인이 싫어. 진짜 싫어. 아빠가 뭐라 하든 절대 좋아할 수 없다고.

"혹시 트리시아 오설리번? 아니, 그냥 닮은 사람이라면 사과하겠지만."

"……."

뭐, 나도 세간에서는 셀러브리티에 속하는 셈이니 듣도 보도 못한 남자가 말을 거는 데도 익숙하긴 하지만, 설마 이런 땅 끝에 와서까지 한 방에 얼굴이 탄로 날 줄은 몰랐어. 사적인 시간이니까 하다못해 선글라스 정도는 가져올 걸 그랬다고 새삼 후회해 봤자 도리가 없지만.

"아니, 경계는 하지 말아 줘. 그 뭐냐…… 나는 전에 일본의 무역 회사에서 근무했거든. 오설리번 코퍼레이션은 큰 거래처였고, 리셉션에서 당신 얼굴을 본 적도 있으니 혹시나 싶었어."

내가 철저하게 무시를 때리고 있는데도 헌팅맨은 얼토당토않은 설명을 입에 줄줄 늘어놓기 시작했어. 짜증나. 완전 짜증나. 내가 있는 힘껏 Good Bye 오라를 풍기고 있으니 눈치 좀 채란 말이야, 둔탱아. 게다가 당신, 아까까진 카운터에 있는 인상 더러운 여자랑 찰떡 콩떡 재미나게 얘기하고 있었잖아. ―아, 몰라. 저 여자, 이쪽 노려보고 있어. 뭐야, 저 눈빛. 팔에 새긴 문신은 뭐 쪼금 멋있다고 생각해 줄 수도 있지만, 저 바보같이 커다란 바스트는 뭐 어쩌자는 거람? 장난해? 그딴 것만 가지고 남자가 낚일 거라고 생각하는 거야?

"이 도시는 보기보다 무서운 곳이거든. 당신 같은 유명인이 안내인도 없이 혼자 돌아다니는 건, 솔직히 말해서 추천하기 힘들어. 물론 사정은 캐묻지 않겠지만, 혹시 난감한 일이 있다면 힘이 되어 줄게. 난 이래 봬도―"

이젠 슬슬 오라만으로는 의사소통이 성립되지 않는다고 판단해서 난 시선에 있는 힘껏 거절 사인을 담아 착각 헌팅맨을 노려봐 주었어. 이래도 통하지 않는다면 그다음에는 잔에 든 음료를 얼굴에 있는 힘껏 끼얹어 줄 거야. 그러면 주문만 해놓고 처치가 곤란했던 진저에일도 유용하게 활용하는 셈이겠지.

“—뭐, 그럼 그렇게 알고.”

여피 동양인은 가면처럼 싱글거리던 얼굴을 마지막까지 무너뜨리지 않은 채 선선히 내게 등을 돌리고 떠나갔어. 좋았어, 성공—이라고 속으로 승리 포즈를 지은 것도 찰나. 이번에는 누군가가 등 뒤에서 내 어깨에 손을 얹지 뭐야.

“윽!”

뭐야, 무례하게! 라고 난폭하게 떨쳐 내려 했는데, 그 손가락이 단단히, 마치 바이스처럼 내 어깨를 붙잡은 채 움직이질 않아. 불결할 정도로 굵고 우툴두툴하고 시커먼 남자 손가락이었어.

“정말 이 꼬마 맞아?”

“틀림없다니깐. 사진이랑 똑같아. —어, 당신, 트리시아 아가씨 맞죠?”

또 동양인. 게다가 아까 그 여피 짝퉁보다 훨씬, 몇 배나 질이 나빠. 척 보기에도 조잡, 저능, 폭력 삼박자를 골고루 갖춘 악당 낯짝. 이게 스티븐 시걸 영화였다면 그냥 박살나기 위해서만 튀어나온 엑스트라라고 한눈에 알아보고 동정해 주고 싶어지는 인상이지만, 애석하게도 난 아이키도의 달인이 아니라서.

그때 문득 깨달았어. 아까 그 헌팅맨은 내 시선 때문이 아니라 이 양아치들이 다가오는 걸 알아차리고 냉큼 꼬리를 말았다는 사실을. 비겁해! 약골! 이런 미소녀가 위기에 빠졌는데 구원의 손길을 내밀어 줄 용기도 없는 남자 따위, 거세해서 소시지로 만들어 버리라지!

“어, 우리는 청순티엔 나리 대리로 온 사람인데요, 부디 안심하십쇼. 우리가 아버님 있는 데까지 모셔다 드릴 테니깐요.”

“뭐…….”

여기서 아랍 노예시장에 팔려 나간다면 그나마 운명의 드라마틱한 급전개를 기대할 수도 있을 텐데. 하필이면 아빠에게 도로 끌려간다니— 농담도 작작 하라지. 그래서는 전부 다 끝장이잖아.

“이, 이거 놔! 당신들, 뭐하자는 수작이야? 함부로 만지지 마!”

“이보세요, 아가씨, 이딴 동네에서 어슬렁거리다간 그땐 진짜로 납치당해요. 얌전히 좀 따라오십쇼.”

“시끄러워! 나한테 명령하는 거야?!”

“……이봐, 좀 가볍게 두드려서 입 다물게 하는 게 빠르지 않겠어?”

“멍청아, 형님 말씀 잊었어? 정중하게 모시라고 했잖아.”

새삼 가게 안을 둘러본 나는 그제야 중대한 사태를 깨달았어. —이제는 슬슬 바람을 가르며 등장해 줘야 할 조니 뎁 같은 존재감이, 없는 거야. 하다못해 브루스 윌리스 정도, 백번 양보해서 스티븐 시걸이라도 좋은데, 그런 영웅적이고 멋진 오라의 소유자가 한 사람도 보이질 않아. 이놈이고 저놈이고 싱글싱글 천박하게 웃으면서 내 재난을 지켜볼 뿐.

혹시나 만약에 이 자리에서 피라미들을 화려하게 소탕해 줄 슈

퍼 히어로의 등장이 없다고 한다면, 누가 봐도 저능한 이 양아치 2인조는 그냥 피라미가 아니라 내 운명을 결정하는 치명적인 요소가 된다는 소리잖아. ―잠깐만, 그게 말이나 돼?

"시, 싫어, 싫어, 싫어어! 장난하지 마! 이딴 건 죽어도 싫어!"

필사적으로 발버둥 치고 할퀴고 깨물려 했지만 그래도 어깨를 붙잡은 양아치의 손은 부조리할 정도로 단단하고 튼튼해서 전혀 통하질 않았어.

"……역시 입을 다물게 하는 게 운반하기 편하겠어, 형제."

"할 수 없구먼. 응, 그럼 최대한 정중하게 입을 막아 보자."

자못 재미난다는 투로 그렇게 중얼거린 양아치 중 하나가 천천히 손을 들었어. 손바닥도 무슨 나무껍질처럼 단단하고 두꺼워 보여. 저건― 혹시 얼굴에 맞기라도 했다간 그거야말로 농담으로는 끝나지 않을지도 모르는데.

뭐야, 이게?

출구도 보이지 않는 막다른 골목에 다다른 기분에 사로잡혀서 눈앞이 캄캄해졌어.

내 운명이란, 혹시 이렇게 재미없는 결말로 끝나는 거야?

"―그쯤 해두어라, 천한 것들."

마치 겨울철 밤하늘처럼 투명하고 늠름하고 맑디맑고 싸늘한 목소리가 그 자리의 시간을 얼려 버렸어.

나와, 그리고 두 양아치의 놀란 눈이 일제히 목소리가 들린 곳에 집중되었지.

그 사람은 카운터의 스툴에 살짝 허리를 걸친 채 어깨 너머로 이쪽을 보고 있었어.

까마귀 같은 칠흑색 코트와는 대조적으로 별빛을 연상케 하는 은백색 머리카락, 살짝 파리한 우수가 감도는 뺨 너머 결연하고 힘차게 꽉 다물린 입가가 언뜻 보였어.

그리고 눈빛은— 뚜렷하게, 강인한 의지를 담은 시선이 이쪽에 쏠리고 있다는 걸 알아볼 수 있는데도, 눈가에는 진한 선글라스를 쓰고 있었어. 그래, 마치…… 드러내기에는 지나치게 위험한 신비를 감추려는 것처럼.

떠돌이일까? 한쪽 손에는 매우 커다란 짐을 들고 있었어. 그리고 카운터에 놓인 글라스에는 하얀 우유. 이 지저분한 주점에 물들기를 거절하는 것처럼 순백색인 우유.

"손을 놓아라. 그 여성이 싫어하고 있다."

부드러움과 냉혹함을 겸비한, 조용하지만 단호한 목소리가 다시. 하지만 그 목소리의 마력이 둔감한 양아치들에게는 전해지지 않은 모양이야. 그저 트집을 잡으려는 것뿐이라고 오해한 피라미들 중 하나가 냉큼 놀라움을 분노로 바꿔서 공갈을 터뜨렸어.

"뭐야, 짜샤? 너하고 뭔 상관이라도 있어?"

"없지, 물론."

길고 나긋나긋한 다리가 스툴을 돌아 바닥으로. 우아한, 어딘가 께느른하게마저 보일 정도로 조용한 움직임으로 일어선 그는 이쪽을 돌아보았어.

"그러나 소녀가 남자에게 맞게 되는, 그런 잔혹한 장면을 그저 잠자코 지켜보기에— 나의 눈은 이미 슬픈 것을 지나치게 많이 보았다."

아아, 드디어 알았어. 저 진한 선글라스…… 저것은 분명 넘쳐나는 슬픔을 억누르기 위한 것.

"—켁! 닭살 돋는 소리 하고 앉았네. 이봐, 젊은 친구."

양아치 둘이 내 어깨에서 손을 떼고 앞으로 나아갔어. 이다음에 기다리고 있을 거친 일들을 오히려 환영하는지, 사나운 기척을 온몸으로 뿜어내면서.

"우리가 외부인이라고 우습게 보는 거야? 아니면 그 장난 같은 콩트가 이 도시의 예의인가? 어느 쪽이든 웃을 수가 없겠는데? 좀 더 통쾌한 일이라도 벌어지지 않는다면 말이야. 앙?"

나에게는 도망칠 절호의 기회였는지도 몰라. 그래도 난 움직일 수 없었어. 눈은 못 박히고, 온몸이 마비되어 움직일 수 없었어. 선글라스 낀 그 남자의 모습이, 내 몸과 영혼을 사로잡은 채 놓아주질 않았던 거야.

"그 소녀에게 사죄하고 떠나가라. 만약 그러지 않는다면—"

"그러지 않는다면, 뭔데?"

양아치 둘은 살기를 노골적으로 뿜어내면서 이를 드러내고 웃었어. 양쪽 모두 오른손은 이미 절반쯤 주머니에— 그 안에 숨겨 놓았을 홀스터의 개머리판으로 다가가고 있었지.

"—나는, 또 다른 정취를 풍기는 비극을 지켜보게 되겠지."

그의 선언은 오히려 서글퍼서, 어딘가 조문의 종소리처럼 들렸어.

사내들은 총을 뽑고—

선글라스 낀 사내는 손에 든 물건을 집어 던지고—

천둥처럼 울려 퍼진 일련의 총성에 고막이 마비되면서 시간은 의미를 잃었어.

"……아……."

나는 우선 사방으로 흩어지는 하얀 깃털을 보았어. 요란하게, 흐드러지게 핀 꽃잎처럼, 회오리바람에 춤추는 눈처럼 시야를 가득 메운 무수한 깃털을.

그리고 그 한복판에 그가 있었지. 검은 코트를 나부끼며 날개처럼 펼친 두 손. 하지만 그 손은 하늘을 향해 날개 치는 새의 몸짓이 아니라 오싹할 정도로 싸늘하게 빛나는 금속을 들고 있었어. 흉포한, 그러면서도 어딘가 골동품을 방불케 하는 우아함을 풍기는 커다란 두 자루의 권총. 죽음을 알리는 언어 그 자체가 구현된 것 같은 불길하고도 절대적인 아름다움.

죽음의 천사— 그 말 말고 과연 어떻게 표현할 수 있을까. 너무나도 잔혹한, 너무나도 화려한 그 광경을.

털썩. 두 사내가 바닥에 쓰러지는 소리에 나는 제정신을 차렸어. 얼어붙었던 것 같은 정적에 가득 찬 주점 안에서 그 소리는 특히 크게 울려 퍼지는 것 같았지.

그는…… 아무 일도 없었다는 듯이 총을 품에 집어넣고, 조용해진 주점 한복판을 가로질러 출구의 스윙 도어로 향했어.

"자…… 잠깐만!"

그렇게 불러 세우기 위해 목소리를 쥐어짜 내는 것만으로도 나는 평생을 써야 할 용기를 쥐어짜 내고 말았던 게 분명해. 여기서 그가 들은 척도 하지 않고 무시한 채 떠나가 버린다면 나는 그 자리에 쓰러져 그대로 죽어 버렸을지도 몰라.

하지만 그렇지는 않았어. 그는 멈추더니, 돌아서서 나를 보았어. 내 눈동자 속에 비친 자기 자신의 모습을 보아 주었어. 그것만으로도 충분했어. 분명 그것만으로도 내 마음을 읽기에는 충분했을 테니까.

그는 애처롭다는 듯 살짝 고개를 가로젓더니 부드럽게 속삭였어.

"……하늘의 달은 죄를 갚아 줄 수 없다. 나 또한 마찬가지."

"네?"

"그래도 상관없다는 건가, 당신은?"

물론 상관없지.

이렇게나 미남에다, 강하고, 덤으로 하는 말은 약간 미스테리어스 & 스피리추얼. 여기에 가슴이 찡해지지 않을 여자가 있다면, 그건 분명 갱년기장애의 징조일 테니까 만사 포기하는 게 나을걸.

고마워, 로아 어쩌고 프라. 고마워, 연애점 사이트. 바이바이,

어제까지의 겁 많던 트리시아.

그리고— 어서 오세요, 나의 사랑.

이거야말로 내가 그토록 찾아 헤매던 운명의 만남. 남국이 가져다준 최고의 로맨스.

틀림없어. 내 자궁이 그렇게 말하고 있는걸.

◆ 프레데리카 소여의 경우

우선 질문.

자기 방의 카펫에 커피를 쏟아 얼룩이 생겨 버렸을 경우, 당신이라면 어떻게 하겠는가?

물론 빨면 된다고— 당연한 대답을 할 대다수의 분들께서 우선 한 가지 이해해 주셨으면 하는 점이 있다. 세상에는 카펫 얼룩을 직접 빠는 것조차 귀찮다고 생각할 만큼 게으른 사람 또한 존재한다는 것을. 얼룩을 지운다는 노동, 그 수고와 맞바꾼다면 대가를 지불하는 것조차 사양하지 않겠다는 어이없는 부르주아지 사상은 현대에도 여전히 건재하다. 따라서 카펫 세탁업이라는 직종이 전화번호부에 등재되어 있다.

그 점을 고려한다면 분명 상상하기 어렵지 않으리라 짐작하지만— 세간에는 시체 뒤처리를 귀찮아하는 사람 또한 대거 존재할 것이다. 오히려 커피 얼룩보다도 시체 뒤처리가 복잡한 작업이라고 인식되기 십상이다. 하기야 커피 한 잔이 기껏해야 머그컵으로 200cc 정도밖에 안 되는 반면, 인간 한 명의 혈액량은 약 5.5L. 요구되는 작업량의 차이는 부정할 수 없겠지만.

한데, 이곳 로아나프라라는 도시는 지역 풍토상 시체가 출현할 빈도도 높아, 이를 회수 처리하는 전문가가 먹고살 만하다. 묘지 좀 파헤쳤다고 사체 손괴 같은 죄를 묻게 되는 영국과 비교한다면 참으로 살기 편한 환경이 아닌가.

특히 신선도가 높은 사체라면 장기 판매에 따른 부수입도 내다볼 수 있고, 시즌이나 경기의 영향도 받지 않으며, 그리고 무엇보다 즐겁다. 좋은 일밖에 없는 수지맞는 장사다 보니 경쟁 업체도 다수에 이르러 항상 영업 노력을 게을리 해서는 안 된다. 그 중에서도 트러블이 끊이지 않는 점포 경영자 고객들에게는 저렴한 정기 계약 패키지를 추천. 사체 손괴의 정도에 따라 포인트 할인 서비스며 스탬프 카드 발행, 아울러 주는 사람 보람 있고 받는 사람 기뻐하는 상품권 같은 것도 마련되어 있습니다.

각설하고, 오늘 요청 또한 그런 단골 거래처 중에서도 매우 우량 고객인 옐로우 플래그의 바오 씨에게서 들어온 것이었다. 갓 죽은 아시아계 성인 남성 페어 세트 회수. 사인은 양쪽 모두 9mm 총탄 한 발씩이라 매우 깔끔. 그 가게는 이따금 지근거리에서 세열 수류탄 파열이니, 50구경 직격 같은 버라이어티 풍부한 사체를 제공해 주시는 만큼 이번에는 매우 간단한 케이스라 할 수 있겠다.

나는 냉큼 시체 자루와 청소 용구 세트를 들고 현장으로 향했다. 기분이 좋은 나머지 'Slash Dementia'를 콧노래로 흥얼거리고 말았다. 이제는 지나간 어느 먼 날, 사랑의 실수로 성대가 찢겨 나간 나는 노래와는 인연이 없다. 그러나 콧노래는 지금도 곧잘 부른다. 특히 심야의 해체 작업에는 카카스(Carcass)의 멜로디를 빼놓을 수 없다. NO MUSIC, NO LIFE인 것이다.

그런데 술집에 도착하자마자 나의 기분은 가라앉았다.

"여어, 고스로리. 오늘도 열심히 일하는구먼."

그 자리에 있던 것이 하필이면 라군 상회의 문신녀. 투 핸드 레비. 거칠고 천박해서 정말 싫어하는 여자. 내 생각인데, 이 인간이 문명인인 척 거리를 활보할 수 있는 건 언제나 곁에서 고삐를 잡아 주는 록 덕이다. 오늘도 다행히 동반한 것 같으니 상관없지만, 그렇지 않았으면 눈도 마주치고 싶지 않은 상대다.

『근데…… 당신이 있다는 건…… 다시 말해, 소란의 원흉?』

바닥에 널브러진 유체 2구의 무게를 어림짐작해 보며 비아냥거려 주었다. 짓이겨진 성대를 보완하는 확성기의 스피커 출력은 미묘한 정서나 뉘앙스를 전달해 줄 만큼 품질 좋은 소리는 아니지만 그런 기계장치의 데스 보이스에도 독특한 큐트함이 있어서 사실 나는 이 목소리를 나름 좋아한다.

"까고 있네. 애초에 원흉은 너네 일당인 지골로라고."

겨우 시체 둘 정도 봤다고 이 여자가 주눅이 들 리도 없는데, 오늘은 어떻게 된 노릇인지 레비는 진저리가 난다는 듯 뺨을 실룩거리며 대꾸했다.

『—?』

"너랑 같이 셴화네 집에서 사는 그, 기둥서방 같은 재수 없는 놈 말이야. 요술쟁이인지 뭔지 하는—"

『로튼, 여기…… 있었어?』

그제야 나는 바닥의 시체에서 퍼져 나간 피 웅덩이에 잔뜩 달라붙은 이물질을 발견했다. ―깃털이다. 빨아들인 피가 말라붙어 거무죽죽하게 응고되기는 했지만 자세히 보니 분명 깃털임을 알 수 있었다.

"그 자식이 저 두 놈한테 시비를 걸어서 총을 뽑게 만들었어. 그 인간도 뽑긴 뽑았는데 그 전에 느닷없이 손에 들고 있던 물건을 집어 던졌고― 아, 근데 진짜 뭐였어, 그거? 저 인간들 총에 맞자마자 주위에 요란하게 깃털 뿜어서 닭장처럼 만들어 놨는데."

『그거 아마…… 깃털베개. 독일제.』

그렇게 대답하자 레비는 한동안 편두통이라도 앓는 것처럼 머리를 붙들고 있었다.

"……그 바보 대체 뭔데? 술집에 우유 마시러 오면서 깃털베개 가지고 돌아다니는 버릇이 있어?"

『그런 건, 아니지……만.』

"뭐, 아무튼. 눈을 어지럽게 만드는 데는 나쁘지 않은 수였어. 2인조도 당황해서 겨냥도 못하고 아무렇게나 쐈으니까. 근데 그 바보는 거기서 곧장 해치우려나 싶었더니, 총 뽑은 채 이상한 포즈만 잡고 쏘진 않는 거야. 자기가 싸움을 걸어 놓고 상대가 쏴 대는 눈먼 총알이 어디로 날아가든 상관도 않고."

『…….』

역시라고나 해야 할까, 여전하다고 해야 할까, 또 그의 자랑거리인 골동품 마우저 쌍권총은 전혀 불을 뿜지 않고 끝났던 모양이다. 과연 일부러 쏘지 않는 걸까, 그저 쏠 기회를 놓치기만 하는 걸까, 그것만은 로튼 본인밖에 모르는 영원한 수수께끼다. 아무튼 어떻게 그가 총알 한 발 쏘지 않고도 늘 아수라장에서 살아남을 수 있는지, 참으로 신기해서 견딜 수 없을 지경이다.

"그리고 결국, 바로 눈앞에서 아무 데나 퍽퍽 쏴대던 멍청이들을 내버려 두면 도저히 술도 못 마시겠고 해서…… 어쩔 수 없이 내가 해치워 줬지. 가게 어지럽히기 전에 정리해 줬으니까 오늘 술값 정도는 쏴주겠지, 바오?"

"개소리하지 마, 레비! 우리 가게에서 총질하는 건 규칙 위반이라고 너한테 몇 번을 말해야 알아먹겠냐? 시체 청소도 공짜가 아니라고. 출입 금지 때리지 않는 것만도 고맙게 여겨!"

매번 그렇지만 오늘 밤도 바오 씨는 상당히 저기압이다. 이렇게 큐트하고 신선한 시체를 앞에 두고 언짢아하는 사람의 심정을 나는 도저히 이해할 수 없다.

"저기, 소여, 로튼이 어디로 갔는지 혹시 짐작 가는 데 없어?"

그때까지 잠자코 있던 록이 갑자기 말을 걸었다. 나는 회수품을 보디 백에 집어넣느라 정신이 없는 척하면서 적당히 고개를 가로저었다. 사실은 예상이 안 가는 것도 아니지만…… 아니, 다른 사람도 아닌 로튼이니까 내 추측도 도움이 될지 어떨지는 알 수 없지.

"그 친구, 어쩌면 꽤 복잡한 일을 짊어지게 될지도 몰라."

『……왜?』

“트러블의 원흉이 된 여자애를 그대로 데려가 버렸는데…… 그 아가씨가 상당한 VIP거든. 게다가 이미 쫓기는 몸인 것 같고.”

『흐음…….』

이 록이라는 남자의 신기한 점은, 이렇게 ‘남을 걱정한다.’는 묘한 취미를 가지고 있다는 것이다. 이 로아나프라에서는 수컷 삼색 고양이보다도 희귀한 정신 구조가 아닐까.

그건 그렇다 쳐도, 로튼도 로튼이다. 하필이면 또 여자 문제라니.

그러고 보니 그의 괴상한 버릇도 록과 상통하는 면이 있다. 물론 로튼의 경우, 여자 한정이지만. 아무튼 궁지에 빠진 여자를 보면 조건반사인지 뭔지 아무런 망설임도 없이 도와주겠다고 나서려 한다.

이번 트러블의 화근이 되었다는 아가씨가 누구인지는 모르겠지만, 로튼이 그 여자를 도와주었다는 데에 특별한 의미가 있었을 것 같지는 않다. 그렇지 않다면— 한때 나나 셴화가 목숨을 건졌던 것도 ‘특별한 의미’가 있었다는 뜻이 되고 마니까. 그래서는 앞으로 그와의 관계성이 매우 귀찮아지게 된다.

특별한 시추에이션이 갖추어지면 특정한 행동을 취한다. 그것이 로튼이라는 사내다. 그의 머릿속 시냅스가 어떤 화학반응을 일으키든, 그 과정을 외부에서 알아차릴 수는 없다. —요컨대, 철저하게 ‘이상한 녀석’이라는 소리다.

쓸데없는 생각은 집어치우고, 자, 일이나 계속하자. 기껏 갓 죽은 신선한 시체가 생겼는데. 사후경직이 시작되기 전에 작업장까지 가져다 놓아야지.

◆ 이디스 블랙워터의 경우 : 2

립 오프 성당의 고해소에 몸을 숨기고, 나는 때를 기다렸다. 수수께끼에 싸인 에이전트 '위저드'와의 접촉 예정 시각은 오후 4시.

심리 유도를 이용해 트리시아 오설리번을 가출로 이끌어내고 외양 화물선에 밀항시킨다는 제1단계는 이미 성공했다는 보고가 샌프란시스코에서 도착했다.

트리시아의 실종에 대해서는 이미 납치를 가장한 협박문이 오설리번 가문에 도착했으며, 상황이 경찰이나 매스컴에 흘러들어가는 일 없도록 견제를 가하고 있다. 사실은 그녀가 혼자 해로를 따라 로아나프라로 향했다는 진상은 아직 아무도 모를 것이다.

인터넷의 점 사이트를 통해 가출과 해외 도항의 동기를 부여한다는 작전 내용을 보았을 때는 입안자가 제정신인가를 의심했으나, 보아하니 트리시아라는 아가씨가 얼마나 맛이 갔는지는 내가 아니라 DO의 프로파일러들이 더 정확하게 꿰뚫어 보았던 모양이다. 유조선 승무원을 모조리 매수해 '밀항자 꼬마는 못 알아차린 척하도록.' 강요해 두었다는 이야기도 어이가 없었다. 이번 작전은 북미에서의 페이즈 보고서를 본 누군가가 '겟 스마트'의 신작 대본이라고 착각해도 뭐라 할 수 없을 것이다.

이어지는 제2단계에서 '위저드' 카디너스 셔링엄은 로아나프라에서 하선한 트리시아의 신병을 즉시 확보한 후 현지 공작원인 나와 접촉을 시도한다. 그 후에는 사태가 순조로이 유지되는 한 나는 본부와 '위저드' 사이에서 메신저 역할만 하면 된다. 어디까지나 순조로이 유지된다면 말이지만.

이번 작전만큼은 자꾸만 불길한 예감이 들어 견딜 수가 없었다. 위기관리의 배려가 너무나도 소홀했다. 그런 주제에 제일 먼저 흙탕을 뒤집어쓰는 것은 틀림없이 현지의 스태프― 다른 사람도 아닌 나― 가 되리란 것도 마음에 들지 않는다.

아예 이대로 '위저드'가 이 자리에 나타나지 않아 내가 관여할 수 없는 단계에서 '페르세포네 작전'이 끝장나 버린다면 얼마나 고마울까. 무능함의 딱지가 붙는 것은 어디에서 굴러먹다 온 개뼈다귀인지도 모를 양아치, 그리고 계획 입안자들뿐이다. 오설리번 가문과 청 가문의 혼담이 미국에 가져다줄 위기는 누군가 다른 우국지사가 알아서 어떻게 해주겠지.

하지만 진성 새디스트이옵신 나의 주께서는 꼭 이럴 때만 신조를 시험에 들게 하시는 법이다. 굳게 닫혔던 예배당 문을 밀어젖히고, 푹푹 찌는 저녁 햇살을 등에 지며 들어오는 두 명의 그림자를 지켜본 시점에서 나의 소소한 희망은 사라지고 말았다.

정시 정각, 남녀 2인조. 한쪽 여성은 얼굴 사진으로 보았던 트리시아 오설리번이 분명했다. 보아하니 '위저드'는 빈틈없이 타깃을 확보한 모양이며, 결국 작전은 제3단계 이행이 확정되었다.

아니, 다만 그것뿐이라면 그나마 탄식 한 번으로 끝났겠지만.

"……이럴 수가……?"

마침내 내 눈앞에 나타난 유괴 청부 에이전트의 얼굴에 나는 말을 잃었다.

직업상 내 최대의 금기는 섣부른 예측과 선입견이다. 첩보 세계에서는 예상을 뒤엎는 온갖 일이 일어난다. 어떤 이상한 일이라 해도 눈앞에서 현실을 있는 그대로 받아들여 대처할 냉정함이 요구된다.

하지만…… 아무리 그래도…… 설마 정말 저 인간이?

믿을 수 없다 해도 그가 곁에 데리고 온 것은 틀림없는 트리시아 오설리번 본인이다. 그녀를 데리고 이 예배당에 나타난 시점에서 저자가 누구인지는 의심할 여지도 없다.

자신의 이름을 로튼이라고 칭했던 저자가 로아나프라에 나타난 후로 이제까지 시간이 꽤 지났다. 그리고 아직까지 살아 이곳에 눌러앉은 이상은 나름 풍문도 떠돈다. 놈에 대해서는 시내의 그 누구도 '어째서인지 운이 좋아 사신을 멀찌감치 떨어뜨려 놓고 있을 뿐 멋만 부리는 멍청이'라는 인식을 공유하고 있을 것이다. 나 자신도 그렇게 생각했다.

그러나 오늘에 이르기까지 보인 그의 모든 기행이 그러한 평가를 만들어내기 위한 철저한 계산이었다면— 놈은 그야말로 악마적인 의태의 천재라고밖에 할 수 없다.

무언가 착각이라고 생각하고 싶은 심정은 굴뚝같았지만 실제로 곁에 데리고 온 트리시아의 태도는 명백히 이상했다. 마치 발정 난 고양이처럼 로튼의 한쪽 팔에 매달려 당장이라도 목을 고릉고릉 울려 대기 시작할 것 같았다. 남의 눈도 아랑곳 않고 허니문의 신부 저리 가라 할 만큼 그를 따르는 모습은— 누가 보더라도 초면의 남녀가 보일 태도가 아니었으며, 뭐가 어찌 됐든 납치범과 피해자의 구도는 아니었다. 저것이 말로만 들었던 심리조작 테크닉의 성과라면, 과연 '위저드'라는 거창한 별명이 붙은 것도 수긍할 만하다.

로튼은 잠시 예배당 입구에 머문 채 주의 깊게 주위를 둘러보더니 천천히 안으로 발을 들였다. 다행히 고해소에 숨어 있는 내 기척을 알아차린 기색은 없었다.

"—와아, 멋져요! 이런 곳에도 성당이 있다니, 로맨틱해."

"조용히. 이곳은 영혼의 안식을 얻기 위한 곳이오."

"저기, 저기, 느닷없이 둘이 성당에 와버리다니! 설마, 어, 저기, 냉큼 하느님 앞에서 이것저것 맹세해 버린다거나 만다거나? 꺄악☆"

언행으로 추측컨대, 저 트리시아라는 소녀는 완전히 이성을 박탈당했다. 어쩌면 약물 같은 것의 영향을 받았는지도 모른다.

'위저드'에게는 이 예배당을 연락원과의 접촉 장소라고만 전달해 두었다. 찾아야 할 인물의 구체적인 인상은 전혀 언급하지 않았으며, 나 자신도 모습을 드러낼 생각은 없었다. 대신 제단에 프리페이드 핸드폰을 놓아두었다.

로튼도 이내 눈치 빠르게 그것을 발견하고 손에 들었다. 이쪽의 의도를 알아차렸는지 수상쩍게 여기는 기색도 없다.

가만히 심호흡을 한 다음, 나는 선글라스를 벗고 '이디스'로 의식을 전환한 후 보이스 체인저가 작동하는지를 확인한 다음 단축다이얼로 그 핸드폰을 호출했다. 콜 소리는 없이 진동뿐. 그러나 그는 즉시 착신 버튼을 눌러 전화를 받았다.

"어서 오십시오, 위저드. 솜씨는 소문대로였던 모양이군요."

목소리가 고해소 밖으로 새어 나가지 않도록 주의하며 전화 너머로 속삭였다. 전자적으로 변환된 내 목소리는 성별도 나이도 판단할 수 없는 무기질적인 목소리가 되었을 것이다.

로튼은 놀라지도 않은 채 어깨를 으쓱하더니 젠체하는 몸짓으로 고개를 가로저었다.

"하느님이 전화를 쓰시다니, 이래서는 예언자도 장사 접어야겠군."

입을 열자마자 느닷없이 연극적인 말을 하니, 나는 약간 머쓱해졌다. 아마 직접 모습을 드러내지 않는다고 힐난하는 것이겠지만, 그건 그렇다 쳐도 참 완곡하게 비아냥거린다 싶었다. 나는 한 귀로 흘려들으며 냉큼 본론에 들어갔다.

"앞으로 연락은 모두 그 핸드폰으로 하겠습니다. 자, 현재 상황에서 무언가 문제는?"

"문제? 많고말고. ―모든 것을 굽어보시는 전능하신 주께서 연약한 소녀의 위기를 간과했으니, 이것이 문제가 아니고 무엇이겠나?"

보아하니 오기로라도 저 묘한 말투를 밀어붙일 심산인 모양이다. 장난도 작작 쳐줬으면 싶었지만 어울려 줄 수밖에.

"무언가 트러블이라도? 상세히 보고해 주십시오."

"그녀는 주점에서 습격을 당했다. 청순티엔의 대리라는 놈들에게."

무심결에 튀어나올 뻔한 욕설을 꾹 집어삼켰다.

청순티엔의 이름이 나왔다면, 부다이방이 움직이고 있다는 소리다. 심지어 트리시아의 밀항만이 아니라 하선한 항구까지 파악하고 움직였다면— 정보 누설. 그렇게밖에 생각할 수 없다.

어디서, 누가? 그런 것을 생각해 봤자 소용없다. 어차피 이번에도 본부의 태만한 기밀 관리가 초래한 사태일 게 뻔하니. 슬프게도 이것이 DO의 실정이다. KGB에 사육된 배신자가 박봉으로는 살 수도 없는 재규어를 몰고 통근해도 의심조차 못했던 놈들이다. 같은 임무를 띠고 있어도 현장에서 뛰어다니는 공작원과 랭글리의 사무실에서 편안하게 엉덩이나 뭉개고 있는 스태프 사이에서 느끼는 위기감은 이렇게까지 다르단 말인가.

생각할 수 있는 거의 최악의 전개였다. 트리시아의 위치가 드러났으며, 이미 추적대까지 파견되었다면 현시점을 기해 '차선책'으로 방침을 전환해도 어쩔 수 없다.

그러나— '위저드'는 왜 이리 침착하단 말인가. 사태의 중대함은 잘 알고 있는 듯하며, 그러고도 말장난을 해 나를 놀릴 만한 여유는 대체 어디에서 왔는가.

애초에 그가 트리시아를 무사히 이곳까지 데려왔다는 것은 그녀를 탈환하려는 부다이방의 추적자들을 돌파했다는 뜻이다. 그것이 조용한 과정으로 끝났을 리가 없다. '위저드'를 자칭하는 이 사내는, 분명 바보를 가장하고 있지만 사실은 상당한 프로페셔널이었던 걸까?

"……현재의 상황에서도 그 소녀를 보호할 자신이 있다는 겁니까?"

"그것이 천명이라면, 그저 따를 뿐."

'위저드'의 대답은 확고부동했다. 이 사내의 실력이 믿을 만하다면 여기서 작전 속행을 포기하는 것도 시기상조가 아닐까.

나는 재빨리 계산을 굴려 보았다.

우선 적측의 움직임이 마음에 걸렸다. 방해하러 나타난 세력이 필립 오설리번 측이 아니라 청순티엔의 수족인 부다이방이었던 이유는 무엇일까? —트리시아의 위치만이 누설되었을 뿐이고 배후에 있는 납치 계획까지는 드러나지 않았거나, 혹은 확증이 없었던 것 아닐까? 만일 CIA의 관여까지도 발각되었다면 필립 오설리번은 정문으로 CIA 본부에 쳐들어가 고함을 질러 댔을 것이다.

본국에서는 여전히 대릴의 부하가 필립을 설득하고 있을 터. 그쪽의 교섭이 좌초되었다는 보고는 아직까지 들어오지 않았다. '위저드'가 부다이방의 추적자들을 따돌리고 트리시아를 확보해

놓은 한, 당분간은 상황을 관찰해 보는 것도 방법이다. 오히려 부다이방이 개입하는 바람에 사태가 악화되었다는 구실로 필립과 청순티엔의 사이를 갈라놓는 시나리오를 마련할 수도 있을 것이다.

"—좋습니다. 우선 랜섭 인 207호실에서 대기하십시오. 이쪽에서 확보한 세이프 하우스입니다."

"주의 인도는 보통 순교의 길로 통하는 법이지. 나는 죽음을 재촉할 마음은 없다."

"……."

이쪽의 지시에 따르지 않고 어디까지나 독자적으로 행동하겠다는 것인가. 예측하지 못한 사태와 맞닥뜨린 이상 프리랜서로서 주의를 기울이는 것도 당연할지 모른다. 그러나— 그렇다 해도, 그의 말투는 하나같이 아니꼽다. 프로라면 프로답게 간결하게 말하면 될 것을.

"그렇다면 좋습니다. 당신의 재량에 맡기지요. 단, 긴밀하게 연락을 취하십시오."

"좋다. 이런 나도 기회가 있을 때마다 기도를 바치는 정도의 겸허함은 가지고 있으니."

또 한 번 아니꼬운 대사를 늘어놓더니 '위저드'는 통화를 끊었다.

하긴, 곁에 있는 드리시아에게 진의가 드러나지 않도록 직관적인 표현을 피해야 할 필요는 있을지 모르지만…… 이 인간은 로아나프라에 오기 전부터 계속 이렇게 행동했던 걸까. 이런 기괴한 말투만 쓴다면 납치당한 희생자가 마음을 열어 놓기는커녕 더 더욱 경계할 것 같은데.

"굉장해! 당신, 하느님하고도 핸드폰으로 통화할 수 있어?"

"신은 자신의 죄를 분별하는 자에게 친절한 법이지. 잔소리가 많다고 지겨워하지 않고 조용히 들어주기만 하면야."

……보아하니 이번 타깃에 한해서는 그의 언동이 오히려 좋은 인상으로 작용하는 모양이다. 설마 그걸 내다보고 그런 연기를? 그렇다면 정말로 저력을 헤아릴 수 없는 놈이다.

나란히 예배당을 나가는 두 사람의 등을 지켜보며 나는 왈칵 솟아나는 피로감에 한숨을 내쉬었다.

로튼, 아니 '위저드' 카디너스 셔링엄— 대체 어디까지가 진심이고 어디까지가 농담인지. 그것을 가늠하지 못한 나는 결국 그의 손에 놀아난 것일까.

아무튼 고민만 하는 것이 내 역할은 아니다. 부다이방의 동향을 조사하고 본국 팀의 진척을 확인해야 한다. 그 후에는 왓삽 서장에게 들키지 않도록 다른 미끼를 뿌려 놓을 필요도 있다. 할 일이 한두 가지가 아니다.

아침에 씨앗을 뿌리고 밤에도 손을 쉬지 말지니. 음모는 어떠한 결실을 맺을지 함부로 예상할 수 없다. 이제는 '위저드'의 실력을 믿고 맡길 수밖에.

◆ 라군 상회 / 더치의 경우

니체가 말하기를, 폭풍은 항상 가장 조용한 한마디가 일으키며, 비둘기의 걸음으로 다가오는 사상이 세계를 끌고 간다나.

이곳 로아나프라에서 폭풍의 원천이 되는 말을 조용한 목소리로 주워섬겨 대고, 그 발이 향한 곳에서 방문 상대의 운명을 좌우하는 분이라고 한다면 그야말로 단 한 사람— 챵 와이산밖에 없다. 우리 라군 상회의 좁은 사무소에서 맞이할 손님치고는 상당히 거물이다.

"시간은 많이 빼앗지 않겠어. 그저 두세 가지 확인할 게 있어서 말이야."

여느 때처럼 맛깔나는 몸짓으로 지탄 담배를 피우며 소파에 앉아 다리를 꼬는 미스터 챵. 이 사람이 눈앞에 앉아 있기만 해도 영화 촬영 세트에 발을 잘못 들인 것은 아닌가 하는 착각에 사로잡힐 때가 있다.

"낮에 옐로우 플래그에서 죽은 두 중국인, 그놈들이 납치하려던 아가씨에게 제일 먼저 말을 걸었던 게 록, 자네였다던데?"

화살이 돌아가자 내 뒤에 서 있던 록이 약간 당황한 듯 고개를 끄덕였다.

"네. 기억에 남아 있는 얼굴이어서—"

"샌프란시스코의 해운왕 필립 오설리번의 딸 말인가?"

과연 챵 와이산. 정보도 빠르지.

바오의 주점에서 유혈 사태는 일상다반사라 바텐더가 직접 카운터를 경장갑차 수준의 방탄 사양으로 만들었을 정도다. 그곳에서 일어난 총부림의 소문이 퍼진다 해봤자 기껏해야 발정난 들고양이가 시끄러웠다는 정도의 의외성밖에 없다.

굳이 말하자면 낮에 일어난 소동은 명물 인간 '로튼 더 위저드'가 한몫을 했다는 데에서 웃어넘길 만한 구석을 찾지 못할 것도 없다. 그러나 사태의 발단인 외부인 아가씨에 대해서는 아무도 주목하지 않았다. ─우리 록을 제외하고는 말이지만.

"뒈진 두 놈은 푸젠 쪽 사람이었거든. 부다이방의 멤버였어."

"푸젠 마피아가? 로아나프라에?"

나도 모르게 되묻고 말았다. 이 도시는 챵 나리가 맡은 트라이어드의 어엿한 나와바리, 다시 말해 홍콩계 차이니즈 마피아의 세력권이다. 그런 곳에 대륙계 흑사회가 쳐들어왔다니, 조용히 넘어갈 이야기가 아니다.

"나의 아름다운 도시에 푸젠의 비루먹은 개들이 주점 바닥을 칠리소스로 칠갑하려고 밀려든다니, 참으로 부아가 치미는 이야기지. 뭐 그건 그렇다 치고, 문제는 말이야, 부다이방 놈들이 일부러 이곳 로아나프라까지 쳐들어온 사정이거든."

"트리시아 오설리번과 관계가 있나요?"

제일 먼저 미끼를 문 것은 록이었다. 챵 나리의 주특기인 의미

심장한 설명이 시작되면 이 녀석은 금방 낚여 버려서 난감하다.

"부다이방의 뒤에는 말이지, 청순티엔이라는 요괴 같은 할아버지가 버티고 있어. 이분이 아는 사람은 아주 깊으신 경력의 소유자거든. 젊었을 때는 찢어지게 가난하던 가족과 함께 미국으로 돈을 벌러 왔지만, 항일 전선에 가담하려고 공산당에 입당해 본국으로 돌아갔다가 전쟁이 끝난 다음엔 대외 공작 전문가로 중국 공산당의 중앙정치국원 상무위원까지 올라간 거물이야. 문화 대혁명 때 잠깐 실각했지만 덩샤오핑의 개혁 개방 노선 덕에 부활해서 지금은 당의 요직에선 물러났어도 아들 순징(舜景)은 지금도 공산당 중앙서기처 서기 자리에 있어. 오설리번의 딸은 그런 확고부동한 권력자 일가에 시집을 가게 됐다, 이 말씀. 듣자 하니 필립은 순티엔의 미국 시절 지기였다지?"

이야기가 갑자기 커졌다. 그랬군. 낮에 바오네 가게에서 있었던 소란은 어처구니없는 트러블의 발단이었단 말이지. 그런 복잡한 사정이 얽힌 곳에 우리 종업원이 두 명이나 있었다니, 그야말로 유감이라 할 수밖에.

"푸젠을 권력 기반으로 삼은 청 가문에게 부다이방은 어렸을 적부터 기른 사냥개나 마찬가지야. 뭐, 길 잃은 새끼 고양이 찾기라곤 해도 남의 집 문지방을 함부로 넘어서는 건 마음에 안 들지만— 놈들 속에는 우리 첩자를 보내 놨지. 무슨 짓을 벌이든 다 알 수 있으니, 크게 행패를 부릴 것 같지만 않으면 내버려 둬도 괜찮아. 문제는 말이야, 애초에 그놈들이 트리시아 양이 있는 곳을 밝혀낸 경위인데…… 아까 말했던 첩자가 알아냈거든. 푸젠에 정보를 흘려보낸 건 미국 정부 기관이라더군."

"부다이방에 그런 연줄이 있다고?"

"아니, 전혀. 그럼에도 엉클 샘의 심부름꾼께서는 반쯤 강매하듯 정보를 넘겨줬다던걸. 다른 누구도 아닌, 천하의 NSA가 말이야."

"……."

나는 시선을 알아차리지 못하도록 선글라스 안에서 우리 라군 상회 멤버들의 기색을 살폈다.

레비는 숙취 때문에 짜증 섞인 눈빛으로 자못 귀찮다는 양 애총 소드 커틀러스를 분해 정비하느라 바빴다. 컴퓨터 책상에서 모니터만 주시하는 베니는 '지금 바쁘니 내버려 둬.'라는 메시지를 온몸으로 발산하며 묵묵히 키를 두드린다. 아주 좋아. 이 두 사람은 고용주인 내가 제시한 금과옥조를 잘 명심했다는 뜻이다. —춘추공양전(春秋公羊傳)에 이르기를, '군자는 위험을 가까이하지 않는다'.

그런데 전혀 분위기 파악을 못하는 난감한 놈이 약 한 명.

록의 눈빛은, 비유하자면 마이크 타이슨의 시합을 링 사이드 자리에서 관전하게 된 중학생 같았다. 마른침을 삼키며 이야기에 귀를 기울인 나머지 숨 쉬는 것조차 잊어버린 것은 아닐까 싶을 정도로 집중했다.

그런 극상의 청중을 얻어 챵 나리의 혀는 더욱 빠르게 움직였다.

"트리시아 양이 모습을 감춘 것과 동시에 오설리번 가문에는 납치범을 자칭하는 자의 몸값 요구가 날아왔다지. 그런데 사실 트리시아 양은 수행원 하나 없이 배편으로 로아나프라까지 왔어. 아가씨 본인에게는 단순한 가출. 하지만 그걸 납치 사기로 꾸민 흑막이 따로 있어. 그 흑막이란 NSA의 분노를 살 만한 것들— 그야말로 아무 상관도 없는 푸젠 놈들에게 정보를 주려 할 만큼 발목을 잡아당기고 싶어서 안달이 난 누군가, 란 소리가 되겠지."

"미스터 챵에겐…… 짚이는 데가 있는 겁니까?"

바짝 마른 목으로 갈라진 목소리를 내며 록이 물었다. 아마 당사자는 최대한 태연한 모습을 가장했다고 생각하겠지.

"NSA라고 하면 생각나는 건 요전에 있었던 두 번째 메이드 소동인데, 그때 라블레스의 사냥개에게 쫓겼던 미군들이 바로 NSA 직할이었어. 그 친구들의 자초지종을 특등석에서 지켜본 게 라군, 자네들이지?"

바로 그렇다. 그 건 때문에 간담이 얼마나 서늘해졌는지. 이것도 다 록이 '불난 곳에 주저앉아 불꽃놀이를 구경하고 싶다.'고 멍청한 소리를 지껄인 탓이다. 뭐, 결과적으로 그 말에 놀아난 나도 나지만.

"사실은 말이지— 그때 하필이면 CIA라고 하는 웬 작자가 폭력 성당 중개로, 만사를 다 망쳐 버리라고 나한테 이야기를 들이밀었어. 내가 알기로도 NSA랑 CIA는 관할을 놓고 나와바리 싸움을 벌이느라 견원지간이지. 놈들은 남의 집 앞마당에 쳐들어와서까지 내부 다툼에 혈안이라니깐."

"잠깐만요. 폭력 성당은 그레이폭스 부대를 다른 데로 옮겨 달라는 의뢰 때문에 우리랑 NSA를 중개해 줬던 게—"

"욜란다 할멈을 우습게 보지 마, 록. 그 인간들은 확고부동한 중개꾼이라고. 마음만 먹으면 붓다와 알라를 사탄님 일행과 함께 같은 패키지 투어에 털어 넣을 수도 있어."

말이 끊어진 김에 챠 나리는 새 지탄에 불을 붙이고 다시 본론으로 돌아갔다.

"뭐 아무튼, 그 건에 CIA가 한몫했던 건 사실이지. 나는 로아나프라에 미군 시체가 굴러다니길 바라지 않았으니 교섭이 결렬됐지만, 그래도 그레이폭스는 사냥개 메이드의 먹이가 되고 작전은 파탄에 이르렀네. 가령 말인데, CIA가 나를 속인 데서 그치지 않고 메이드의 백업에도 관여했다면…… 이건 NSA에게는 더 이상 눈물을 삼키며 그저 참기만 할 문제가 아니겠지?"

"그러니까 이야기를 정리하자면…… 트리시아 오설리번의 납치 사기는 CIA의 음모고, 그걸 방해해 앙갚음을 하고 싶은 NSA가 푸젠 마피아를 부추겼다는 건가요?"

판돈을 가늠하는 승부사의 눈빛으로 록이 요점을 정리했다.

"우선 동기 면에서는 충분하겠지. 자국의 재계 거물이 중국 정계 한복판에 눌러앉은 일족과 혈연을 맺는다니, 용인하기 힘든 이야기잖나. 미국 첩보 기관이 같은 미국인에게 손을 대는 건 최대의 터부지만, 그래도 단행해야 한다면 암만 그래도 홈그라운드인 자국 내에서 일을 저지르기에는 리스크가 너무 커. 당연히 무대를 다른 곳으로 옮길 테고, 그건 물론 누구의 눈에도 닿지 않는 어두운 곳이 좋겠지. 사회의 청소부를 자청하는 놈들조차 발을 들이기 꺼릴 만큼 냄새나고 성가신 장소라면 더욱 좋을 거야."

로아나프라. 항상 어둠에 휩싸인 악덕의 낙원. 몰래 숨어들기에는 절호의 장소. 그 점에 대해서는 나도 전적으로 동감한다.

"NSA에게도 사정은 마찬가지. 같은 엉클 샘의 자식들인데, 암만 그래도 아빠 눈이 미치는 범위에서 형제끼리 피 터지게 싸울 수도 없을 거 아냐. 로아나프라에서 맺은 원한은 로아나프라에서 풀어야 메시지의 의미도 나올 테고."

"……무슨 말인지 이해했어. 아침부터 잠이 확 달아나는 놀라운 이야기인걸, 챵 나리."

록이 더 이상 매료되기 전에 가능하다면 이야기를 끊어 버리고자 나는 두 사람 사이에 끼어들었다.

"다시 말해— 용건은 조만간 또 폭풍이 몰아칠 테니 지나갈 때까지 머리 숙이고 있어라, 뭐 그런 이야기지?"

"—흐흥."

티어드롭 선글라스 안에서 챵 나리의 입가가 비아냥거리듯 각도를 올렸다. 체셔 고양이의 웃음이란 게 분명 이딴 꼬라지겠지.

"NSA의 그레이폭스는, 뭐 말하자면 이 도시에서는 비를 긋기 위해 처마 밑을 빌렸던 거였지. 그 정도라면 트집을 잡을 이유도

없어. 하지만 이번의 CIA는 어떻지? 놈들은 로아나프라 그 자체를 계획의 핵심으로 이용할 생각이야. 그걸 어떻게 생각하는가, 그 점이 중요하겠지."

"……."

챵 와이산의 도발에 가까운 발언은 틀림없이 내가 아니라 곁에 있는 록을 노리고 한 말이었다.

"전부터 은근히 알고는 있었지만 지난 사건 덕에 확신했어. 아마 CIA는 아주 옛날부터 이 도시에 뿌리를 내리고 있었을 거야. 안 그러면 먼 미국의 필비[1] 군이 느닷없이 밀담 상대로 나를 지명할 리가 없지. 딱히 내가 현관에 로아나프라 시장이라고 팻말을 걸어 놓은 것도 아닌데."

"이미 이 도시의 역학 관계에 대해 잘 알고 있었다는 소리군……."

만일 챵 나리 말대로 로아나프라에 침투한 CIA 에이전트가 실존한다면, 그 친구는 엄청난 수완가일 것이다.

로아나프라는 스파이에게는 가혹한 도시다. 이 도시에 침투하려 했던 각국의 첩보 기관은 수없이 많았지만 시도는 대부분 비참한 결과로 끝났다. 치안이 문란한 혼돈 상황은 스파이에게 절호의 환경처럼 보여도 로아나프라는 그 정도가 지나치게 과도한

---

1) 필비: 해럴드 에이드리언 러셀 킴 필비. KGB와 MI6의 이중 첩자. 70년대에 MI6와 CIA에 치명타를 가했던 거물 스파이였다.

것이다.

법의 그물눈 틈새에 숨는 것이 스파이의 수법이라 한다면, 애초에 숨을 그물눈 그 자체가 존재하지 않는 것이 로아나프라다. 이곳은 철저한 힘의 원리에 따라 움직이는 무법 도시이며, 그 법칙이 간결하면서도 가혹하기 그지없기에 규칙의 간극을 뚫는 생존법이 성립되지 않는다. 아무리 민완 사기꾼이라 해도 알몸으로 정글에 내던져져선 살아남지 못하는 법이다. 살아남으려면 이빨을 가진 맹수로 태어나야 한다.

"하지만…… 설마, 다른 사람도 아닌 로튼이요? 이렇게 말하긴 좀 미안하지만, 그 친구는……."

입을 다물며 록이 말을 흐린다. 사실 뒷말을 들을 필요도 없다. 로아나프라에서도 유명한 스타일리시 나르시스트는 민완 첩보원의 이미지와는 거리가 멀다. 그렇다 해도 챵 나리의 CIA 음모론을 진심으로 받아들인다면 옐로우 플래그에서 트리시아 오설리번을 데리고 간 로튼에게 제일 먼저 혐의가 간다.

"그 친구가 진짜 첩보원인지, 아니면 누군가에게 놀아나고 있는지— 설령 전자라 해도 내가 폭력 성당에서 교섭했던 건 다른 사람이었네. 그 지골로는 그때 알리바이가 있었거든. 셴화에게 확증을 받아 놨으니 틀림없어."

로튼이 이 건에 어떤 형태로 관여했든 뒤에서 실을 드리운 놈은 따로 있다는 소린가.

"그놈이 누구든, 이제까지 겉으로 드러나게 움직이는 짓은 하지 않았지. 하지만 그쪽도 NSA에 한 방 먹여 줘서 지금쯤 신이 났을지도 몰라. 이곳이 지저분한 일을 벌이기에는 절호의 로케이션임을 뒤늦게나마 알아차리고, 앞으로는 적극적으로 활용할 생각이 들었을지도."

"……."

록은 입을 다물고 어딘가 애먼 방향으로 쏘는 듯한 시선을 보낸 채 생각에 잠겨 있다. 이럴 때 이 자식의 머릿속에선 어처구니없을 만큼 괘씸한 사안이 오가고 있다. 나는 경험상 잘 안다.

"—이거 나도 모르게 긴 이야기에 심취해 버렸군. 아침 댓바람부터 미안했어."

뻔뻔하리만치 유들유들 애교 넘치는 미소로 그렇게 주워섬기더니, 챵 와이산은 소파에서 몸을 일으켰다.

"뭐, 그 CIA에 대해서는 나도 상당히 관심이 많지. 만약 누구인지 알아내면 나한테도 알려 달라고. 사례금은 듬뿍 지불하지."

의미심장한 말에 무슨 뜻인지 알겠다는 양 록이 웃으며 대꾸했다.

"다시 말해 흥미 본위가 아닌 일이란 소리죠, 챵 씨?"

아아, 나 원. 상대가 챵 나리라면 트집을 잡을 수도 없는데 남의 종업원을 마음대로 휘두르다니. 제발 좀 자제해 달라고.

"—야, 헛소리 좀 작작 해, 록. 네가 지금 앞장서서 헛소리를 지껄이면 어떡해? 앙?"

창 나리가 돌아가자마자 뭐라고 입을 열려던 록의 기선을 제압해 버린 것은 레비였다.

"레비, 이건 우리하고도 상관이 없는 일이—"

"그래. 내가 아까 예의 모르는 푸젠 놈팡이들을 둘 정도 자루에 담아 주긴 했지. 그걸로 땡이야. 후일담에 참견할 마음은 추호도 없어. 만약 그 2인조네 패거리들이 인사하러 들르겠다면야 상대해 줄 수도 있지만, 내가 먼저 대가리 들이밀 이유가 어디 있단 거야?"

레비가 나보다도 신경질적으로 구는 것도 당연하다. 만약 록이 또 장난기가 발동해 어슬렁어슬렁 불구덩이로 기어들어 가기라도 했다간 제일 먼저 불똥을 뒤집어쓰는 사람은 저 녀석이니까.

레비의 주장은 지극히 심플해서 비집고 들 틈이 전혀 없었다. 그러자 록은 나에게 화살을 돌렸다. 장수를 잡을 때는 말보다도 먼저 총대장부터 잡겠다는 거냐. 뭘 잘못 알아먹어도 유분수지.

"더치, 이건 잠자코 앉아서 지켜보기만 할 사안이 아니야. 창 씨 얘기 들었잖아? CIA는 로아나프라를 비합법 작전의 처리장으로 만들 생각이라고. 만일 이게 잘 풀려 버리면 맛을 들여서 두 번, 세 번 되풀이할걸. 로아나프라는 놈들의 쓰레기장이 될 거야."

"그렇다 해도 로아나프라의 미래를 걱정하는 건 네 역할이 아니지, 록. 그런 거창한 현안에 골머리를 썩어야 하는 건 말이야, 하잘것없는 운반책 선원이 아니라 네 명의 거두가 모인 연락회라고.”

“그러니까 챵 씨가 직접 이야기를 하러 온 거 아니었어? 트라이어드를 움직여서 큰일이 벌어지기 전에, 우선 기민하게 움직일 수 있는 우리를 쓰려는 거겠지. 가르시아 군 때처럼.”

바로 그 라블레스가의 사건 때문에 크게 데였던 주제에, 이놈은 학습 능력이란 게 없는 걸까.

……하지만. 하긴, 이번만큼은 아니꼽기는 해도 처음부터 록의 유별난 취미에 어울려 줄 수밖에 없는 것 또한 사실이다.

로아나프라의 운명 따위, 내 알 바 아니지만 이곳에서 편안하게 살아갈 수 있는가 아닌가는 그야말로 개인적인 문제다. 그게 위험해지는 사태가 온다면 남의 일이라고 선을 그어 놓고 턱이나 괴고 있을 수는 없다.

“—하긴, 그 트리시아인지 하는 아가씨의 얼굴을 제대로 아는 건 록, 로아나프라에선 너밖에 없을 테니.”

“이봐, 더치—!”

설마 내가 고개를 끄덕일 줄은 몰랐는지 레비가 괴상한 소리를 질렀다. 하지만 미안한데, 이번만큼은 사정 설명은 다 집어치우고 다들 일심동체로 놀아나 줄 수밖에 없겠다.

“단서는 로튼이란 말이지. 뭐, 어떤 의미에선 얼굴이 잘 알려진 놈이니 얼른 찾아보면 어디로 갔는지 파악하기가 쉽지 않을까.”

“당장 그 친구가 들를 만한 곳을 알아보겠어. 자, 레비, 일하러 가자.”

"……진심이야, 더치?"

"그럼. 이런 취미 생활에 어울려 주면 챵 나리는 통이 커지거든. 기왕 불러 줬는데 놀아 주는 시늉이라도 좀 해봐."

여전히 수긍하지 못해 부루퉁한 얼굴을 한 레비를 데리고 록은 의기양양 사무소를 나갔다.

자리에 남은 베니는 여전히 입을 다문 채 키보드만 두드려 댄다. 담담한 리듬이 자아내는 지루한 백 노이즈는 마치 그를 에워싼 연막 같다.

"—더치는 그렇게 마음에 안 들어? 이 도시에 CIA가 활개 치고 다니게 되는 게."

마치 날씨 화제라도 들먹이는 것처럼 스스럼없이 이야기를 꺼내는 바람에 나도 다소 허를 찔렸다.

"뭐, 그야 그렇지. 스파이란 것들은 때와 장소를 가리지 않고 냄새를 맡으면서 돌아다녀야 직성이 풀리는 트뤼프 돼지 같은 것들이니까. 그딴 놈들이 제 안방인 양 활개 치게 된다면 이곳도 살기 힘들어지지 않겠어?"

"그렇게 해서 들통 나면 곤란한 과거라도 있는 거야? 예를 들면, 그래— 베트남에서 뭔가 있었다거나."

"……."

이봐, 이봐, 베니 보이. 언제부터 네가 그렇게 저질스러운 탐색전을 벌이게 됐지? 평소의 분별은 어디로 가고?

"베니, 너에게도 드러나지 않았으면 하는 추억 한둘쯤은 있을 텐데. 네가 사는 곳의 풍문이 멀리 FBI에게까지 전해지는 악몽은 꾸고 싶지 않지?"

"……그것도 그러네. 이번엔 좀 나답지 않은 질문이었어. 취소하지."

베니는 금세 항복하고 다시 키보드와 모니터의 조그만 왕국에 틀어박히고 말았다. 지금 막 나눴던 대화 따위, 기억에 담아 놓는 기색마저 보이지 않는다. 캐시메모리까지 깡그리 삭제해 버린 것처럼 시원시원한 태도였다.

그러면 되는 거다. 어떤 일에든 깊이 파고들지 말 것. 돌다리를 두드린다 해도 건널 마음은 조금도 없는 염세주의자. 그 현명함이 베니의 장점이다. 바보 같은 모험심 탓에 목숨을 잃을 뻔했던 후로 그는 분수란 것을 익혔다. 그것이 록과의 큰 차이다. 평소에는 자못 죽이 맞는 것처럼 화기애애하게 지내는 록과 베니도 사실 성격은 정반대라 할 만큼 다르다. 오히려 그 정도로 대조적이기에 교제가 원만히 이어지는지도 모르지만.

베니라면 이런 식으로 다룰 수 있지만, 록이라면 이렇지만도 않았을 것이다. 유능한 놈이기는 해도 취급에는 세심한 주의가 필요하다. 그 기아감과도 비슷한 호기심을 적당히 채워 주기 위해서는 이따금 적당한 미끼를 던져 주어야 한다는, 그런 배려도 필요하다.

스스로 바닥을 드러내는 실수를 저지르지 않는 한, 이곳 로아나프라에 나의 과거와 이어질 만한 재료는 전혀 없다. 그렇기에

이 도시는 살기 편하다.

바라옵건대 이 안녕이 조금 더 오래 버텨 주기를.

◆ 부다이방 / 리우타오의 경우

소문으로는 들었다. 태국 오지에는 요하네스부르크마저 요양소로 여겨질 만큼 극악한 범죄 도시가 있다고.

누구나가 저주의 말처럼 입에 담기를 꺼리는 지명, 로아나프라. 물론 나도 만만하게 보았던 것은 아니지만 부다이방의 일원이라는 체면이 있다. 은혜로운 청 대인(大人)의 부탁인데 망설일 수는 없다.

어떤 형제를 데려갈지 인선에는 최선을 기했으며, 평소 유능하다고 점찍어 두었던 동생들로만 열넷이나 모았다. 길 잃은 공주님 하나 붙잡는 것이 목적이라고는 하지만 현장이 식인 호랑이가 득실거리는 정글이라는 각오는 있었던 것이다. 수창[2]은 인원보다도 많이 준비했으며, 해방군에서 횡령한 돌격보창[3]까지 마련했다.

그런데 말이다, 그래도 나에게는 주의가 부족했던 모양이었다. 2인 1조로 조사에 착수시켰던 동생들 중 한 조가 벌써부터 행방이 묘연하다. 물론 애들 심부름도 아니니 자기 앞가림 정도는 할

---

2) 수창(水槍): 권총을 이르는 중국식 표기. 중국에서는 총을 창이라고 한다.
3) 돌격보창(突擊步槍): 어설트 라이플을 이르는 중국식 표기.

수 있는 놈들이다. 그런데 둘 다 전화조차 받지 않는다면— 이건 뒈졌다고 볼 수밖에 없다.

펑(馮)과 둔(惇)이 마지막으로 들렀던 곳이 '옐로우 플래그'라는 주점이라는 데까지는 알아냈다. 그러나 여기서부터 이야기가 괴담처럼 바뀐다. 사정을 조사하려고 내가 직접 찾아가 바텐더에게 물어보기는 했지만, 베트남인 사장은 무뚝뚝한 표정으로 모른다, 기억 안 난다만 읊어 댈 뿐 무엇 하나 말하려 들질 않았다. 아무리 으름장을 놓아도 꿈쩍하지 않는 태도에 처음에는 이거 바보 아닌가 싶었지만, 눈빛을 보고 있는 사이에 깨달았다. ―누가 보더라도 이 바닥에서 구를 대로 구른 놈의 눈빛이었다. 눈앞에서 헤아릴 수도 없는 아수라장을 지켜보았던, 삼도천의 뱃사공 같은 낯짝인 것이다. 평범한 주점의 바텐더가.

그래서 나는 새삼 가게 안을 차분히 둘러보았다. 가게는 지저분하게 해놓은 주제에 상당히 세심하게 공을 들여 닦아 놓은 나무 바닥. 기분 나쁠 정도로 검게 번들거리는 널빤지는, 이를테면 피 묻은 자리를 닦아 내 얼룩이 남았다 해도 쉽게 알아보긴 힘들 것이다.

바닥에 비교하면 벽 손질은 매우 허술했다. 곰보 자국처럼 여기저기 흩어진 회칠 땜빵 자국은 치수로 보건대 분명 탄흔이다. 그것도 한두 군데가 아니다. 시선 돌리는 곳마다 잇달아, 구석구석에서 눈에 띄었다.

주점에서 싸움이 일어나는 것은 당연하고, 그것이 유혈 사태로

틀어지는 일도 왕왕 있으리라. 게다가 지역 풍토가 험악하다면야 총질이 벌어져도 이상할 것 없다. 하지만 사후에 경찰조차 나타나지 않은 데다 시체만이 안개처럼 사라지고 아무 일도 없었다는 듯 영업을 한다니, 이게 어떻게 된 노릇인가? 이 도시 놈들은 하나같이 육도윤회를 거꾸로 거슬러 올라가고 있는 건가?

때가 늦기는 했지만 나는 이 도시를 지나치게 우습게 보았음을 깨달았다. 특히 이렇게 뒤숭숭한 가게에 동생들을 겨우 둘만 보낸 얄팍한 판단을 후회했다.

물론 후회란 반성했다는 뜻이다. 그리고 반성이란 판단 오류를 가져온 원인을 되짚어 올라가 확실하게 추궁한다는 뜻이다.

당면 거점으로 확보했던 싸구려 여관으로 돌아간 나는 오류의 원인— 정보 제공자를 족치기 시작했다.

"No, noooo! 난폭한 거, 나빠요! 리우(陸) 씨, 침착하세요! Please cool down!"

"닥쳐, 이 흰돼지 새끼야! 영어는 'Fuck you!'밖에 모른다고 했지. 아앙? 덮쳐 달라 이거냐? 나한테 따먹히고 싶으냐, 이 물렁물렁한 자식아!"

이번 원정에서 유일하게 부다이방 형제가 아닌 동반자, 아니 숫제 가이드라고 해야 하려나. 그게 바로 이 딕 크루그랜드다. 이놈은 우리 식구가 아닐 뿐만 아니라 건달도 아니다. 동양 여자의 조임새 좋은 가랑이를 만끽할 목적으로 아시아를 유람하던 미국인인데, 아모이(廈門)의 가게에서 한창 재미 보던 도중에 짐을 날치기당해 지불이 체납되었다가 우리가 건져 주었다.

듣도 보도 못한 도시에서 일을 처리하는 이상 우리에게는 당연히 안내인이 필요했다. 이번에는 사전 준비에 시간을 들일 여유가 없었던 만큼 즉석에서 인선을 할 수밖에 없었다. 그리고 딕은 로아나프라에 대한 지식을 가진 덕에 잘게 다져져 양식 뱀장어 먹이로 던져질 운명을 면했다. 부모님의 유산을 갉아먹으며 열달 넘게 동남아시아를 주유하고, 오로지 가격 교섭과 플레이 내용 확인을 위해 태국어와 푸젠어를 중간 정도까지 익힌 에누리 없는 바보 천치 자식이기는 하지만, 그중에서도 석 달을 보냈다는 로아나프라에 대해서는 거리의 구조는 물론 위험 지구를 분간하는 법이며 주요 조직의 나와바리 분포, 안전한 여관의 위치 등등 우리에게 필요한 정보는 모조리 꿰고 있었다— 혹은 그렇게 보였다.

딕의 설명에 따르면 그 옐로우 플래그라는 가게는 시내에서도 지극히 안전한 지역에 있어서 트러블이 일어날 걱정이 없다고 했다. 막상 발을 들여놓고 보니 속절없는 마굴이었는데도 이놈은 완전히 정반대의 정보를 넘겨주었던 것이다.

"그, 그럴 리 없어요! 옐로우 플래그, 아주아주 좋은 가게예요! 바오 씨 진짜 신사! 서비스 만점! 매우 매우 clean! 나 몇 번이나 거기서 fuck 했어요. 정말이에요!"

딕은 늘어진 얼굴을 눈물과 콧물로 물들이며 꼴사나운 변명을 되풀이했다. 이 백인은 나름 키가 큰 나보다도 머리 하나가 더

크다. 하지만 피자와 콜라를 채워 넣어 부풀리기만 한 거구에 박력이라곤 조금도 없다. 주절주절 맥 빠지는 변명을 늘어놓는 지방 덩어리에게 나는 점점 더 속이 메슥거리는 것을 느꼈다.

"헛소리도 작작 좀 해! 그딴 피라니아 수조에다 너처럼 기름진 고기를 처넣어 볼까? 10초도 안 돼서 뼈도 안 남을 거다! 아니면 뭔데? 이 도시에는 네놈이 애용했다던 멋들어진 '옐로우 플래그'가 하나 더 있다는 거야!"

"어, 옐로우 플래그, 하나뿐이에요……. 그렇게 무서운 가게 아니었어. 정말이에요. 나 매일 밤마다 손님들한테 술 쏘고, 다 같이 The Star-Spangled Banner 합창했어요. 다들 얼굴 무서워도, 아주 frank하고 nice guy예요!"

"……."

이해했다. 그 정도로 열심히 봉 노릇을 하면서 기분 좋게 거금을 뿌려 대니, 그놈의 베트남 바텐더도 성모 같은 미소로 이놈을 환영해 줬겠지. 잊고 있었다. 딕은 바보에 돈 씀씀이가 좋은 우수 고객으로 로아나프라에 머물렀던 것이다.

아무리 어리석고 멍청한들 성가신 문제도 일으키지 않고 충분한 현금을 떨어뜨려 주는 한, 밤거리는 이놈을 다정하게, 정중하게 대접해 준다. 호화찬란한 네온사인이 식충식물의 본성을 드러내는 것은 사냥감이 가진 것을 모두 털려 뼈까지 빨아먹을 단계에 접어든 다음이다. 딕이 그렇게까지 깊이 빠졌던 것은 로아나프라를 떠난 후 화난(華南)을 전전하다 아모이까지 흘러들어 간

후였다. 아랫도리밖에 없는 이 바보에게는 매우 큰 행운이었다 할 수 있으리라. 이 도시를 갈라 먹고 있는 맹수들이 우리 부다 이방만큼 자비롭다고는 도저히 생각할 수 없다.

아무튼 펑과 둔이 자취를 감춘 그 가게가 얼마나 뒤숭숭한 곳인지 간파하지 못한 시점에서 딕의 눈은 pussy의 조임새를 가늠하는 것 외에는 완전한 장식이라는 뜻이 된다. 결국 이놈은 로아나프라에 오래 머문 적이 있을 뿐, 도시의 진짜 '얼굴'을 보지는 못했다. 가이드로서는 전혀 쓸모가 없다. 고작해야 길 안내나 기대할 수 있을까.

나는 가슴속에 치미는 충동을 냉정하게 저울질했다. 지금 당장 이 흰돼지를 회 쳐버린다 한들 그걸로 두 동생을 잃은 울분을 풀 수는 없겠지만, 그렇다 해도 아직 더 데리고 다닐 만한 가치가 있을까? ─답은 아니꼽게도 '시(是, 맞다)'였다. 이 로아나프라에서는 태국어나 영어를 모르면 꼼짝도 못하건만, 애석하게도 가방끈이 짧은 나는 양쪽 모두 만족스럽게 구사할 수 없다. 딕의 통역도 상당히 서툴기는 하지만 없는 것보다는 낫다.

딕의 멱살을 잡았던 손을 놓아 풀어주었다. 거구의 변태 백인은 콜록콜록, 꼴사납게 기침을 하며 서글프게 고개를 가로저었다.

"……나 알기로 로아나프라, 남자에겐 재미난 곳이지만, 여자 하나 돌아다니는 거 추천 못해요. 트리시아 오설리번, 아주아아주 눈에 띄는 공주님. 이렇게 찾는데도 안 나오는 거, 이미……."

불길한 소리를 중얼거리는 딕에게 나는 가차 없는 으름장을 담아 노려봐 주었다.

"흰돼지, 왜 네가 '아직' 살아서 냄새나는 입김을 뿜어낼 수 있는지 생각해 본 적 있냐? 넌 아가씨를 찾아내는 데 도움이 되기 때문이야. 알겠어? 그럼 아가씨를 찾는 이유가 사라졌을 때, 넌 대체 어떻게 될까? 아앙?"

얼마나 벌 받을 실언을 퍼부어 댔는지 새삼 이해했는지 딕은 전동 성인 기구처럼 부들부들 떨며 두 손을 가로저어 댔다.

"나나나나나 하고 싶은 말은, 그러니까, 정말 트리시아 씨, 로아나프라 있는 거 확실해요? NSA 정보, really? 사실은 리우 씨 속은 거 아녜요?"

"시꺼! 네가 걱정할 일은 따로 있잖아, 이 등신아!"

솔직히 말해 나는 그 미국의 안전보장 어쩌고 하는 관청이 얼마나 대단한 곳인지 전혀 알지 못했다. 딕에게 설명을 시켜 봤지만 더더욱 영문을 알 수 없을 뿐이었다. 미국의 스파이 하면 CIA 아니었나? 그거 말고도 CSS인지 뭔지, 왜 그놈의 나라는 알파벳 세 글자짜리 단체를 계속 늘려 나가는 걸 좋아하지?

아무튼 중요한 건 정보의 출처에 대해 향주(香主, 보스)께서 직접 보장하셨다는 점이다. NSA인지 뭔지가 얼마나 대단한 놈들인지는 몰라도 그딴 것들에게까지 영향을 미치는 청 대인의 깊은 인덕과 연줄에 나 같은 놈은 그저 황송해서 고개를 조아릴 뿐이다. 과연 부다이방의 '차오어우라오(操偶老, 꼭두각시를 조종하는 노인)'라 불리며 두려움의 대상이 되는 분답다.

아가씨가 이 도시에 있다는 것은— 혹은 과거 24시간 이내에 '있었다'는 것은 틀림없다. 만일 신병 확보가 불가능하다 해도 하다못해 발자취 정도는 확인해야만 한다. 아니꼽지만 딕의 말마따나 이 도시는 숫처녀가 어슬렁어슬렁 돌아다니고도 하룻밤 내내 무사할 만한 곳이 아니다. 이미 포주나 인신매매범의 손에 떨어졌을 가능성이 크다. 그렇다면 그런 대로 관여한 놈들의 모가지를 죄다 잘라다 소금에 절여 들고 돌아가야 한다. 아무 성과도 없이 호락호락 물러날 수는 없다. 그래서는 내 체면만 구겨지는 게 아니라 부다이방의 체면까지 땅에 떨어진다.

하지만 어떻게 해야 좋단 말인가? 딕을 신용할 수 없다면 지역 정보꾼에게라도 알아볼 수밖에. 하지만 어떻게 접촉하지?

조바심만이 치밀어, 뭐든 좋으니 닥치는 대로 주먹을 꽂아 버리고 싶어졌다. 일단 이 쓸모없는 흰돼지는 어떨까. 턱을 부수면 통역에 지장이 있겠지만 배 정도라면—

"리, 리우 씨……?"

내 험악한 눈빛에서 위험을 감지했는지 딕이 꺼져 들어가는 목소리를 냈을 때, 문득 내 핸드폰이 착신음을 울렸다. —아직 밖에 나가 있던 동생들 중 하나, 쉬(徐)의 연락이었다. 분명 이놈에겐 이 도시에서 제일 고급스러운 호텔에서 망을 보도록 지시를 내렸을 텐데.

"나다. 무슨 일이냐?"

『형님, 찾았습니다! 틀림없이 사진에 있던 그 여자예요. 지금 프런트에서 방을 잡았습니다.』

행운은 아직 나를 버리지 않은 모양이다. 조급해지려는 마음을 억누르며 나는 쉬에게 물었다.

"계집 혼자 있어?"

『그게, 일행이……. 은발에다 묘하게 멋을 부린 남자 놈하고 같이 있는데요. 저건 암만 봐도 포주네요.』

"……."

지금 당장 그 자식을 잡아 죽이고 계집의 신병을 확보하라고 쉬에게 명령을 내리고 싶은 심정이 굴뚝같았지만, 나는 바로 조금 전에 옐로우 플래그에서 있었던 사건으로 교훈을 배웠다. 이 도시에서는 주의에 주의를 거듭해도 부족함이 없다.

"내 말 잘 들어. 그 자식들 방 번호만 확인하고 넌 그대로 로비에서 대기해. 지금부터 내가 직접 그리 갈 테니까. 뭔가 또 다른 움직임이 있으면 즉시 알리고!"

『알겠습니다.』

쉬가 발견한 포주가 혼자라 해도 다른 보디가드가 모습을 숨기고 있을 가능성이 높다. 쉬만 보냈다가 되레 당하기라도 하면 당연히 트리시아를 데리고 있는 포주는 장소를 바꿀 테고, 우리는 다시 그녀의 행방을 놓칠 것이다.

아직 밖에서 돌아다니는 동생들도 몇 있지만 지금 이 아지트에 남은 인원만 해도 나를 포함해 일곱. 충분하다. 그 고급 호텔을 통째로 불바다에 가라앉혀 버릴 수도 있을 것이다.

“야, 흰돼지, 기뻐해라. 아직 네가 나설 자리가 있을 것 같아. ―네가 말했던 ‘이 도시에서 가장 고급스러운 호텔’이란 곳까지 안내해. 최단 거리로.”

“Oh, 산칸 Palace Hotel 말이네요. 여기서 가면 란삽 시장 지나야 해요. 그래도 붐비니까 지름길 의미 없을지도 몰라요.”

“그럼 제일 빠른 루트를 생각하라고! 코를 잘라 버리기 전에 얼른!”

만약 포주 자식이 성급한 놈이라면 우리가 호텔에 도착하기 전에 트리시아 양의 정조가 사라져 버릴지도 모르지만, 이 상황에 그 정도는 눈을 감을 수밖에 없다. 그때는 이미 개통이 끝난 아가씨와 함께 시체를 하나 선물로 들고 가기로 하자. 쓸데없는 짐을 늘리고 싶진 않지만 그래도 맨손으로 돌아가는 것보다는 훨씬 나을 것이다.

◆ 트리시아 오설리번의 경우 : 2

로튼이 나를 안내한 호텔은 낮에 갔던 모르도르 주점과는 별천지의 문명권이었어. 뭐야, 제대로 된 인간이 인간답게 사는 곳도 있었잖아. 이 정도면 아주 조금이나마 이 무슨 프라라는 촌동네도 다시 봐줄 만할지도.

프런트 직원이 아주 자랑스럽게 말하기로는 이 도시에서 최고급 서비스를 제공하는 호텔이라나. 뭐, 그야— 리츠의 별 다섯 개짜리랑 비교하면 솔직히 말해 여인숙보다 좀 나은 정도지만. 만약 아빠하고 여행 왔던 거라면 난 길길이 날뛰면서 혼자 샌프란시스코로 돌아갔을 판이었어.

그래도 아니야. 여긴 다른 사람도 아닌 로튼이, 오로지 나와 하룻밤을 보내기 위해 골라 준 곳인걸. 그 이유만으로도 분명 이 호텔은 평생, 나만의 영원한 일등상으로 남아 있을 거야. 응. 그러니까 트리시아의 별 다섯 개를 줄게!

"방 하나를 잡아 주었으면 한다— 싱글로."

프런트에서 그렇게 말하는 로튼의 목소리는 어디까지나 쿨하고 침착했어. 하지만 그것만으로도 내 맥박은 단숨에 톱기어까지 올라가고 말았지.

내 동요를 눈치챘는지, 로튼은 이쪽을 돌아보더니 짙은 선글라스 너머로 부드러운 눈빛을 보냈어.

"—괜찮소. 여분 침대는 필요하지 않으니."

트윈은 필요하지 않다니, 애초에 침대는 하나면 된다니. 아아, 이럴 수가— 이 사람, 드디어 나를 해치울 작정이구나.

빠르게 뛰는 심장이 그대로 가슴에서 아랫배까지 굴러 떨어지는 기분. 하지만 나도 풋내 나는 계집애로 보이고 싶진 않아서 최대한 여유를 가장하고 생긋 웃어 주었어. 그러자 어째서인지 나에게 웃어 준 건 프런트 직원이었지. 왜? 기분 나쁜 거라도 봤다는 양 뻣뻣해진 그 웃음은 뭔데? 나 원. 촌구석 호텔은 종업원 교육도 제대로 못하나.

룸 담당에게 안내를 받아 도착한 객실은 6층. 싱글치고는 뭐 나쁘지 않은 넓이의 방과 욕실. 이런 시시한 방이라도 지난 며칠 동안 유조선의 빈 선실만 무단 임대했던 나에게는 천국처럼 보였어.

발코니가 바다 쪽이라 그 지저분한 촌동네가 시야에 들어오지 않는다는 점도 마음에 들었고. 뭐, 하룻밤 지내는 정도라면 딱히 불만은 없지 않을까.

"객실은 마음에 드셨는지요?"

어떠냐는 듯 당당하게 물어보는 룸 담당 직원. 하지만 로튼은 침대를 재빨리 살펴보더니.

"—아니, 이곳은 안 되겠군. 다른 곳을 보여 주게."

어째서인지 딱 잘라 거절해 버렸어.

무슨 일일까. 뭐가 마음에 안 드는 걸까. 나는 방을 나오기 전에 로튼이 살폈던 침대를 확인해 봤어. 만져 봤지만 매트리스는 충분히 탄력 있고 부드러웠는데. 잠도 굉장히 잘 올 것 같은데.

설마 지나치게 부드럽다는 걸까? 그렇게나 단단한 '지반'이 필요하다니. 그건, 다시 말해, 내가 생각한 것보다도 엄청나게 하드하고 과격한 동작이 요구된다는 뜻?

와우…….

내 안에서 불안이라는 이름의 달콤한 두근거림이 지잉, 지잉 높은 울음소리를 내기 시작했어. 안 돼. 침착해, 트리시아. 밤은 이제 막 시작됐는걸!

하지만 다음으로 안내받은 방에서도 로튼은 침대를 한 번 보더니 기각했어. 그다음도, 그리고 그다음 방도 마찬가지. 신사 된 자는 고집을 굽히지 않는다는 자세는 훌륭하고 멋지고 근사하다고 생각하지만, 그래도— 난 슬슬 샤워도 좀 하고 싶은데 말이지.

결국 6층 객실을 모조리 확인한 후에도 로튼이 만족할 만한 침대는 나오지 않았어. 룸 담당 직원도 진저리가 나는 기색을 감추지 못하고 이번에는 7층으로 우리를 안내했지.

"—아니, 이곳도 안 되겠군."

아아, 로튼……. 대체 당신은 어떤 침대를 바라는 거야? 설마 회전기믹이라든가, 천장에 거울이 붙어 있는 판타스틱한 걸 원해? 그건 그거대로 뭐, 싫다고는 안 하겠지만. 아마 당신은 호텔을 잘못 고른 것 같아.

이러저러하는 사이에, 뭔진 모르겠지만 그리 멀지 않은 곳에서 욕설이며 총성이며 비명이 들려왔어. 아우 참, 정말 야만스런 동네라니깐. 밤은 연인들의 시간이니까 바보같이 소란을 피워 대고 싶은 멍청이들은 장소를 좀 분간하란 말이야.

……근데 지금 그 소동, 혹시 바로 아래층에서 들린 거 아닌가?

◆ 셴화의 경우

나와 로튼이 처음 만난 것은, 뭐 피차 이것저것 우여곡절이 있었던 끝에, 아무튼 호된 재난에 휩쓸렸던 어느 날 밤이었어요.

듣자 하니 그는 아직 로아나프라에 흘러들어 온 지 얼마 안 되어 정해진 숙소도 없었고, 나는 당장 입원할 만한 중상이라 당분간 쉼터인 집을 비워 놓아야만 하는 상황이었고. 뭐, 의사에게까지 데려다 준 은혜도 있고 하니 내가 퇴원할 때까지는 임시로 묵어도 좋다고 방 열쇠를 로튼에게 빌려 주었죠.

그리고 망할 수녀(어머나, 실례)가 뚫어 준 총상도 깔끔하게 아물어 퇴원해서 하루하루 돈벌이를 할 수 있게 되기는 했지만, 나도 딱히 남들보다 유달리 사람이 좋다거나 유별난 취향이 있다거나 한 건 아니었지만, 뭐라고 해야 하나? 이 남자는 집에서 내보냈다간 그 순간 뭔가 이상한 거라도 주워 먹고 꼴까닥 가버리는 것은 아닐까 하는 위태로움이랄까, 불안이랄까 하는 면이 있어서 말이죠. 아니, 딱히 내가 걱정해 줄 필요도 없겠지만요. 옷깃만 스쳐도 인연이라 하고요, 너무 무섭게 내쫓는 것도 꿈자리가 뒤숭숭하지 않을까 싶어 판단을 보류하면서 오늘에 이르게 된 상황이죠.

한편 로튼과 함께 우리 집에 눌러앉아 있는 '청소꾼' 소여는 어떤가 하면, 로아나프라의 고참이니 당연히 잘 곳도 있을 테고 딱히 눌러앉을 이유도 없을 텐데 어째서인지 마치 무릎 위에 앉은 고양이처럼 나갈 기미를 보이질 않는 거예요. 뭐, 애는 애대로 우울증을 앓고 있으니 쫓아내기라도 했다간 그 순간 차도에 쪼그려 앉은 채 꼼짝도 안 하다가 꼴까닥 가버리는 것은 아닐까 하는 불안함이 있어서 말이죠. 아니, 딱히 내가 걱정해 줄 필요도, 그래도 옷깃만 스쳐도 어쩌고저쩌고, 내쫓는 것도 꿈자리가 뒤숭숭하지 않을까 싶어 오늘에 이르게 된 상황이죠.

딱히 호의로 재워 주는 것도 아니니까 괜히 은혜 베풀어 주는 척 잘난 소리를 할 마음도 없어요. 그래도 은혜를 원수로 갚는 짓을 당하면 아무리 나라도 인내심에 한계가 오는 거죠. 이번에 갑자기 모습을 감춘 로튼의 행방을 좇고 있는 것도, 그 남자가 우리 집에서 제일 중요한 걸 가지고 나가 버렸기 때문이에요.

하드한 표사[4] 노릇을 매일매일 수행할 수 있는 비결은 뭐니 뭐니 해도 몸과 마음을 함께 재충전시켜 주는 안락한 수면이에요. 그래서 난 침구의 품질에는 절대 타협하질 않아요. 특히 중요한 건, 독일의 바우어사에서 제작한 최고급 깃털베개죠. 여기에 머리를 묻으면 마치 극락정토의 구름에 휩싸인 것처럼 편안한 잠을 잘 수 있어요. 아무리 간밤의 아수라장에서 피로 샤워를 했

4) 표사(鏢師): 옛 중국에서는 무술을 익힌 일종의 무장 운송업자였으나 현재는 청부업자를 말한다.

어도 다음 날 아침이면 시원하고 상쾌한 기상을 약속해 주죠.

로튼이 대체 무슨 생각으로 그 베개를 가지고 나갔는지, 난 도저히 짐작도 가지 않아요. 아무래도 그 남자의 사고 회로는 보통 사람들과 너무나 배선이 달라서 이해하려는 게 무리이거든요.

"그 바부팅이, 멍청하다요! 대체 지금 어디 싸돌아 있는 거다?"

……아아, 이 분노를 입에 담아 충분히 표현할 수 없는 것이 답답해요. 나도 영어권에서 살게 된 지 벌써 꽤 지났는데 발음도 그렇고, 어휘도 그렇고, 이 조잡한 언어에는 도저히 적응을 할 수가 없어요. '他媽的'라든가 '吃軟飯'에 해당하는 말을 술술 입 밖에 낼 수 있다면 얼마나 하루하루의 생활이 편해질까요.

『로튼…… 갈 곳이라면, 짐작 가는 데…… 없지 않은데. ……찾으러 갈래?』

내가 투덜거리는 소리를 들은 소여가 무언가 찔리는 구석이 있는지, 어딘가 미안한 투로 우물거리면서도 그렇게 말해 주었어요. 그녀는 로튼이 밖에 나갔을 때 그 자리에 있었다고 하니, 다소나마 그의 의도에 짐작 가는 바가 있을지도 모르죠.

"오, 그거 살았요네. 꼭 좀 가르쳐 주세다요."

음침하고 우울병도 앓고 시체 애호증도 있는 소여지만 알고 보면 기특하고 착한 애랍니다.

그건 그렇고, 원래 그녀의 직업은 뒤처리, 아니면 청소라 '사후' 현장에서 시체를 상대하는 일이 본업이죠. 그런데 좋은 조건이 갖춰지거나 본인이 마음 내킬 때는 '한창'인 현장에서 시체를 만들어 내는 일도 맡아요. 다시 말해, 부업이긴 하지만 나랑 같은 바닥 사람이기도 한 거죠. 그리고 오늘 밤 소여는 사람을 찾는 것이 주안점인데도 어째서인지 '그쪽'을 예상한 장비를— 주무기를 담아 놓은 캐링 케이스랑 특대 아이스박스를 끌어안고 있네요.

"소여, 왜 오늘 그거 완전 장비야 하고 밖에 나가냐요?"

『……로튼, 아마 트러블 한복판에 있을 거라…… 생각하니까.』

"어머나, 그거 복잡해네요."

그런 거라면 상세한 내용은 둘째 치고, 나도 나름 준비를 갖춰야겠어요. 이런 상황에 대체 무슨 경위로 트러블이 예상되는가 하는 의문은 별로 의미가 없죠. 외부 분들은 이해하기 힘든 이야기일지도 모르지만 이곳 로아나프라에선 트러블의 씨앗에 대해 일일이 설명을 요구했다간 한이 없답니다. 추운 날에는 두꺼운 옷을 입는 거랑 마찬가지로 불온한 기척이 도는 날에는 갖춰야 할 준비를 하고 나가는 게 당연해요.

다행히 단골 도공(刀工)에게 부탁해 두었던 신품 유엽도(柳葉刀)가 막 도착한 참이에요. 과연 기대에 부응할 만큼 완성도가 있는지 어떤지, 어쩌면 시험 삼아 휘둘러 볼 기회가 생길지도 모르겠네요.

각설하고, 소여가 나를 제일 먼저 데리고 간 곳은 로아나프라에서도 특히 활발하게 일하는 장물아비네 가게였어요. 설마 로튼이 용돈이 탐나 내 베개를 팔아 치우려 했던 걸까요? 만약 그랬다면 그 자식 머리 가죽을 벗겨다 새 베개에 쑤셔 넣고 싶어요.

그런데 사장 말로는, 지난 며칠 동안 깃털베개 거래는 문의만 있었지 입고는 없었다고 하네요.

다른 장물아비들도 몇 군데 들러봤지만 대답은 똑같았어요. 뭐, 그야 이 로아나프라에서 깃털베개가 장물아비에게 유통될 만큼 대량으로 나돌고 있으리란 생각은 안 들지만요. 나도 일부러 개인 수입으로 독일에서 들여왔고요.

처음으로 뒤져 본 곳은 허탕— 아니, 그 정도가 아니라 어째서인지 쓸데없는 게 딸려 오고 말았어요.

"요, 마침 찾던 중이었는데. 너희 지골로한테 볼일이 있거든. —아? 뭐야, 너희도 몰라?"

"너희도 로튼을 찾고 있었어? 그럼 마침 잘됐네. 서로 협조하는 게 어떨까? 사람 찾을 때는 인원이 많은 편이 효율적이잖아."

시장 한복판에서 딱 마주친 건, 나한테는 지긋지긋한 인연만 쌓이는 미운 상대…… 라군 상회의 개망나니랑 일본인이었어요. 이 인간들하고 얽히는 바람에 얼마 전에도 남미산 렌후(人虎) 상대하다 애검은 부러뜨려 먹었지, 莫斯科大飯店(호텔 모스크바)한테는 총 맞았지, 끔찍한 꼴만 당했죠. 솔직히 말해 이 2인조랑 함께 다니는 건 최대한 피하고 싶지만요.

"당신들이 로튼께 볼일 있다 이유, 참말 이상해. 설명해 줄 거냐요?"

"자세한 내용은 우리 입으로 말하기 좀 힘들지만, 챵 씨 부탁이야. 꼭 알고 싶다면 챵 씨에게 물어봐 줄 수 있을까?"

"……."

아니꼽지만 챵 따꺼 이름이 나오면 물러날 수밖에 없어요. 난 프리랜서로 일을 맡고 있지만 트라이어드는 제일 큰 단골 고객이니까 실례가 있어선 안 돼요.

『—얘들…… 차 있어. 다음 목적지는…… 거리가 좀 있으니까…… 얻어 타자.』

소여의 제안도 있고 해서 나는 각오를 했어요. 그래도 만약 분위기가 묘하게 흘러간다 싶으면 즉시 손을 뗄 거니까요.

"근데 소여? 장물아비 보고 다음엔 어디 찾아보냐요?"

『……산칸 팰리스 호텔.』

어머나, 이거 또 의외의 장소를. 라군 2인조도 얼굴을 마주 보네요.

"왜 로튼이 그런 데에 있지?"

『로아나프라에는…… 좋은 침구상이…… 없으니까. 깃털베개 찾으려면 장물아비나, 아니면 고급 호텔밖에…… 없어.』

……도통 무슨 말인지 모르겠네요. 그래도 그 말을 들은 개망나니는 뭔가 짐작 가는 구석이라도 있는지 요란하게 코웃음을 쳤어요.

"또오 깃털베개야. 걔 뭔데? 깃털베개를 갈기갈기 찢지 않으면 남자 구실 못하는 병이라도 걸렸대?"

"—뭐라요?"

개망나니가, 지금 뭔가 아주 흘려들을 수 없는 소리를 하지 않았나요?

"뭐야, 너 몰랐냐? 오늘 낮에도 말이야, 그 자식이 외부인에게 싸움 걸어 놓곤 일부러 깃털베개를 벌집으로 만들게 하는 바람에 옐로우 플래그 바닥을 완전히 깃털투성이로 만들어 놨다니깐. 청소도 저 고스로리가 했잖아."

『…….』

소여는 민망한 듯 고개를 숙이고 있어요. 아항. 그녀는 내 소중한 깃털베개가 어떤 말로를 걸었는지 알고 있었군요. 로튼 이야기만 나오면 묘하게 입이 무거워졌던 것도 수긍이 가네요.

"결정 났네다. 로튼한테 꼭 변상시켜야요. 돈 모자라면 내장 팔게 해서도 좋다요. 그때는 소여 잘 부탁한다요."

『……지금 장기는…… 판매 시장 시가가 안 좋아서, 심장 정도밖엔…… 좋은 값을 못 받는데.』

나랑 소여의 말을 들은 일본인이 벌써부터 메슥거리는지 낯빛이 나빠지네요. 정말 약해 빠진 남자. 이런 겁쟁이가 어떻게 '투핸드'의 파트너 노릇을 하고 있는지 정말 이상하다니까요.

*　　*　　*

넷이 나란히 산칸 팰리스로 가서 프런트에 물어보니 놀랍게도 숙박 명부에는 정말 로튼의 이름이 있었어요. 어떻게 소여는 이렇게까지 정확하게 그 남자의 행동을 예측할 수 있는 걸까요. 감탄보다도 어이쿠, 이건 같은 전파를 수신하기 시작한 거 아닐지 걱정이 들어요.

역시 시내에서 제일 고급스러운 호텔을 자부하는 만큼 프런트 담당도 처음에는 손님의 프라이버시가 어쩌고 유난을 떨어 댔지만—뭐, 척 보기에도 트러블 메이커가 인두겁을 쓰고 돌아다니는 것 같은 개망나니가 따지고 드니 당연하겠지만요.—일본인이 챠 따꺼의 이름을 꺼내자마자 손바닥을 뒤집듯 협조적으로 나왔어요. 그야말로 아브라카다브라. 이 도시에서는 어떤 문이라도 열리는 마법의 주문이에요. 물론 '연락회'의 다른 조직이 영향을 미치지 못하는 장소에 한해서지만요.

"쳇, 짜증나게……. 뭐람? 옷만 번드르르하게 빼입은 그 기생오라비는. 사람 우습게 보고 앉았어."

로튼이 묵고 있다는 6층으로 향하는 엘리베이터 안에서도 개망나니는 투덜투덜 불평을 멈출 줄 몰랐어요. 프런트에서 푸대접을 받은 게 어지간히 속이 상했나 봐요. 아주 조금이지만 깨소금 맛이에요.

"흉악하다. 그거 얼굴 들이대니 들개 취급받아 무리 아니다요. 좀 영업 스마일 공부도 하면 어떠냐요."

"시끄. 너처럼 사시사철 헤실거리는 낯짝 들고 다니는 것보단 훨씬 낫지. 안면 근육 좀 단련해라, 안면 근육. 할멈 된 다음엔 끔찍할 거다."

욕판이 벌어졌다 하면 난 이 개망나니만큼 혀가 잘 돌아가는 사람을 본 적이 없어요. 마주 서서 되받아쳐 주지 못하는 게 정말 아쉬워요. '你這個腦殘豬頭'라고 영어로 말해 줄 수 있으면 얼마나 통쾌할까요.

각설하고, 숙박객 명부에 있던 605호실 앞까지 오기는 했는데…… 어떻게 된 일일까요? 문 너머에 인기척이 없어요. 직업상 이런 감각은 단련해 두었어요. 아직 잠들기에는 이른 시각인 것 같은데 말이죠.

"—로튼, 이거 로튼! 여기 있다 알고 왔다요! 얌전히 나오는 거 좋다!"

문을 두드리며 그렇게 불러 봤지만 역시 반응은 없었어요. 방만 잡아 놓고 어디 다른 데로 나간 걸까요?

대체 어떻게 된 노릇일까, 내가 생각에 잠기고 있는 사이에 개망나니가 발을 들더니 두꺼운 정글 부츠 바닥을 문손잡이에 꽂아선 부숴 버리네요.

"뭘 촌스럽게 구냐, 셴화. 챵 나리 심부름으로 온 거니까 이 정도는 지배인이 뭐라고 못해."

아아, 이 여자는 왜 이렇게 저능한 걸까요. 챵 따꺼 대리로 온 거니 더더욱 예의 바르게 행동해야지, 안 그러면 그분의 풍문에 흠이 가잖아요. 그 정도 도리조차 모르는 걸까요.

아무튼 아니나 다를까, 방은 텅 비어 있었어요. 호텔맨에게 우리를 속일 이유가 있을 것 같지도 않으니까, 무언가 예측하지 못한 사태라도 일어났을까요.

『아마, 방 바꿨을 거야.』

방에 들어오자마자 침대를 체크한 소여가 확신을 담아 그렇게 말했어요.

"어떻게 그거 알아나요, 소여?"

『왜냐면 이 방 베개, 싸구려니까.』

베개, 베개, 베개. 대체 로튼은 무슨 이유로 정신이 나가 버린 걸까요? 혹시 소여는 그런 경위를 아는 것 아닐까요.

"소여, 혹시 당신—"

내가 힐문하려던 그때, 나는 복도에서 이상한 소리를 들었어요.

거친 발소리. 인원은 아마도 열 명 정도. 거친 어조의 푸젠어였는데, 뭔가 길 안내가 서툴렀다느니 어쨌다느니 하는 욕설에 쏘리니, 플리즈니 울먹거리는 목소리가 대답했어요.

개망나니도 일찌감치 알아차렸는지 눈을 삼백안으로 치켜뜨고 주 무기인 쌍권총을 홀스터에서 뽑아 들었어요. 아무것도 모른 채 멍청한 표정을 짓고 있는 건 일본인뿐. 이 인간은 짐만 될 것 같지만, 뭐 개망나니가 알아서 챙겨 주겠지요.

외부 사람들은 무슨 말인지 이해를 못할 수도 있겠는데, 이곳 로아나프라라는 도시에서는 일이 터졌을 때 '왜'나 '어째서' 같은 소릴 하는 건 금물이에요. 그런 쓸데없는 생각을 할 시간이 있으면 칼을 뽑고 격철을 세우는 게 오래 살아남는 비결이에요. 문 바로 너머 바깥에서 정체 모를 흉흉한 인간들이 다가오고 있다는 것만으로도 상황은 충분. 그다음에는 사정이야 어찌 됐든 일을 저질러 버릴 각오를 다져야만 해요.

어디의 뉘신지 알 수 없는 '그놈들'은 개망나니가 문고리를 걷어차 날려 버렸던 문을 정중하게 다시 걷어차 열고 605호실로 쳐들어왔어요.

예를 들어 누군가가 손에 총을 든 채 문을 지나 들어온다고 했을 때, 그 팔을 싹둑 잘라 버리는 데 도의적인 문제가 있을까요? 물론 전혀 없지요. 그래서 저는 새로 맞춘 유엽도가 얼마나 잘 드는지 시험하기에 딱 좋은 기회를 얻었어요.

그런고로, 우선 처음으로 들어온 두 명의 손목이 바닥에 뚝 떨어졌어요.

비명과 함께 핏방울을 뿌리는 두 사람을 밀치며 억지로 뛰어들려 한 후속 주자를 개망나니의 쌍권총이 맹렬한 연사로 대접해 주었어요. 아비규환의 소란 속에서 목소리의 숫자와 기척의 움직임을 통해 나는 습격자의 수가 아홉이라고 가늠 잡았어요. 이럴 때 재빨리 숫자 계산을 할 수 있는지, 없는지에 따라 직업의 적성이 결정되는 거예요.

내 칼과 개망나니의 총탄이 첫수에 무력화한 숫자가 도합 셋. 나머지 여섯은 복도에서 실내에다 대고 무작정 총탄의 비를 퍼부어 댔어요. 하지만 난 한 발 먼저 안쪽으로 이동해 소파 뒤로 뛰어들어서 탄막을 피했어요. 한편, 개망나니와 일본인은— 어머, 둘 다 어디로 갔담?

“야, 셴화! 이쪽에서 비상계단으로 뛰어내릴 수 있을 거 같은데?”

세상에나! 저 박정한 것들은 날 남겨 두고 냉큼 발코니로 도망쳐 버렸어요. 뒤를 따라가려고 해도 복도에서 날아드는 총격에 가로막혀서 나는 꼼짝할 수가 없어요.

“이거 바부팅이! 총잡이가 먼저 도망쳐 어떡하라 거예요?”

“우린 먼저 위층에서 로튼 찾고 있을게. 그럼 이만!”

아아, 나 원……. 누가 ‘幹你娘老機歪’를 영어로 번역해서 저 호박에게 전해 주세요.

격렬한 총격의 비가 갑자기 뚝 그쳤어요. 슬슬 실내의 인간들은 전부 죽었거나 발코니로 도망쳤다고 판단한 거겠죠. 두 명이 총을 든 채 주의 깊게 객실로 들어왔어요. 서로 거리를 두고 각자 사각을 커버하도록 엄호하면서 천천히 실내를 수색하기 시작하네요. 훈련된 움직임으로 추측컨대, 군인 출신이나 뭐 그런 건가 봐요.

소파 뒤에서 숨을 죽이고 있던 내 존재는 아직 알아차리지 못했지만 기습을 감행하려 해도 상대에게 도통 허점이 없어요. 뛰어들어 한 사람을 해치워 봤자 나머지 한 사람의 총에 맞고 말 거예요. 사중지활(死中之活)을 찾는다면 둘을 동시에 해치울 만한 기술도 없지는 않지만, 그때는 아마 입구에서 총을 조준하고 있을 지원조의 사선에 몸을 드러내는 꼴이 돼서 이것도 너무 위험해요.

내가 손을 쓰지 못하는 동안, 두 사람은 욕실을 확인하더니 더욱 슬금슬금 다가왔어요. 슬슬 진짜 위험할지도 모르겠다고 생각했을 때, 한쪽 남자가 어리석게도 옷장 앞에 섰어요. 어처구니없는 실수, 감점 1이에요. 하기야 목숨은 하나 줄어들면 끝이지만요.

갑자기 요란하게 울려 퍼지는 소형 발동기의 구동음. 그 굉음에 깜짝 놀랄 틈도 없이 그 남자는 옷장 문을 안쪽부터 찢어 부수고 출현한 체인 톱날에 몸통이 두 쪽으로 갈라지고 말았어요. 분수처럼 솟아오르는 선혈 속에서, 등뼈를 깎아 낸 손맛에 황홀한 표정을 짓는 소여가 모습을 나타냈어요. 좁은 옷장이라도 몸집이 작은 그녀에게는 매복을 위한 잠복 장소로 충분했던 거죠.

나머지 한 사람이 공포와 경악에 눈을 크게 뜨고 소여에게 총구를 돌렸을 때, 이번에는 내가 던진 유엽도가 그놈의 목을 베었어요. 내 칼은 자루에 강선을 감아 놓았기 때문에 이렇게도 쓸 수 있어요.

내가 생각해도 화려한 콤비네이션으로 두 명을 순식간에. 소여는 애용하는 살육 기계를 쳐들더니 여느 때보다도 기분 좋게 말했어요.

『이건 체인 톱……이라고. ……살아 있는 거라면, 하느님도 죽여 보겠어.』

어머나, 멋있어라. 나도 영어가 유창하면 저런 멋들어진 한마디를 쏘아 줄 수 있을 텐데. 부럽네요.

소여의 너무나도 장절한 무기에 간이 철렁 내려앉았는지 복도에 남아 있던 자들은 누가 봐도 어정쩡한 자세로 선 채 돌입을 망설이는 분위기였어요. ―아니, 딱 한 사람. 묘하게 침착한 목소리로 무언가 동료에게 지시를 내리는 사람이 있었어요.

"―저놈들의 패거리가 발코니를 통해 위로 도망쳤다. 트리시아 아가씨와 포주 자식도 아마 그쪽에 있을 거다. 너희가 가봐."

"하지만, 리우 형님……."

"뭐, 나한테 맡겨 봐. 여기 있는 둘은 내가 묶어 둘 테니."

그리고 복도를 뛰어가는 발소리가 둘. 단순한 뺄셈으로는 나머지 둘……인데, 입구에 나타난 건 하나뿐이었어요. 키가 크고 깡마른 동양인. 보기에 총은 없지만 날카로운 안광은 항복이나 화해의 의도 따위 조금도 보이지 않고 오히려 대담할 정도로 자신감에 가득 찬 것 같았어요.

"설마 해외에서 진짜 공부(功夫)를 보게 될 줄이야……. 그것도 쌍검수라니."

어머나, 싸우는 모습만 보고도 진위를 판별하실 줄이야. 영어보다도 훨씬 귀에 착착 감기는 푸젠어로 칭찬의 말씀을 선사해 주시니 어쩐지 좀 기뻐지잖아요.

"이처럼 기이한 곳에서 안목이 있는 분을 뵙게 되다니, 저도 영광이로군요."

입에 익은 말로 대화를 나눌 수 있다는 이 쾌감. 내용을 알아듣지 못해 어리둥절해하는 소여는 잠깐 내버려 두기로 하지요.

남자는 사나운 미소를 지으며 천천히 등에 손을 돌리더니, 미리 숨겨 두었던 무기를 꺼냈어요. ―한데, 겹쳐 놓은 세 자루의 금속 봉. 그것도 단순한 곤(棍)이 아니라 세 자루가 모두 사슬로 이어진 것이었어요.

"이걸 쓰게 될 줄은 몰랐군. 나 자신을 다잡기 위해 가져온 것인데, 역시 손에 익은 무기는 미리 준비해 두어야 하는 법이야."

퓨욱, 바람 가르는 소리를 내며 사내는 삼절곤을 펼쳐 두 손으로 들었어요. 마치 살아 있는 구렁이를 두 손에 감아 놓은 것처럼 매끄러운 움직임. 빈말이 아니라, 상당한 고수임을 알아볼 수 있었어요.

아마도 습격했던 놈들의 두목이겠지요. 그러고 보니 아까 부하가 리우라고 불렀던가요. 그건 그렇다 쳐도 삼절곤이라……. 21세기도 코앞에 다가온 시대에 총에 의존하지 않고 이런 마이너한 무기로 공부를 쌓다니, 참으로 기특한 분과 다 만났지 뭐예요.

"그러면 어떻게 할까, 두 분 아가씨? 나는 둘이 동시에 덤벼도 상관없지만."

농담도 잘하셔. 이런 맛깔나는 상황에서 그런 아까운 짓을 어떻게 하겠어요.

"소여, 이거 내 사냥감야요. 뒤로 물러나는 거 좋아."

어차피 이렇게 협기(俠氣) 넘치는 전개는 소여의 취향이 아니에요. 그녀는 자못 불만스러운 듯 콧방귀를 뀌더니 체인 톱의 동력을 껐어요.

정말로 유쾌, 통쾌하네요. 매일 밤 어떤 일이 기다리고 있을지 상상도 할 수 없는 이 도시가 난 정말 좋아요.

◆ 어느 마술사의 경우 : 2

7층으로 옮긴 후 네 번째 방에서, 드디어 그토록 찾아 헤매던 것을 발견했다.

"이 베개를 양도해 주게. 그쪽에서 원하는 가격으로 교섭에 응하겠네."

내 제안이 의미하는 바를 룸 담당 직원 청년이 올바르게 이해하기까지는 잠시 시간이 필요했다.

"아니, 저기…… 그건 좀 곤란하달까요……."

그는 이미 호텔맨의 책무보다도 아래층에서 울려 퍼지는 총성과 소음에 정신이 팔린 모양이었다. 하긴, 밤거리를 오가는 늑대라면 모를까, 이러한 직장에서 안온과 녹봉을 얻고 있는 순한 양이라면 무리가 아닐지도.

"판단이 그쪽의 재량을 넘어선다면 책임자를 불러 주게."

"아뇨. 그보다도 손님, 지금은 일단 피난을 하시는 편이, 그 뭐랄까……."

도저히 끝이 안 나겠군. 대체 어떻게 해야 그를 안심시켜 침착하게 거래 이야기를 나눌 만한 여유를 되찾아 줄 수 있을까— 그렇게 생각에 잠긴 사이에 다른 훼방꾼이 나의 삶에 개입했다.

"여기 있었구나, 이 포주 자식아!"

품성이라고는 털끝만큼도 없는 욕설을 터뜨리며 객실로 쳐들어온 기습자 둘. 손에는 하나같이 흉포한 광채를 내뿜는 권총을 쥐고 있었다. 이를 본 트리시아가 공포로 몸을 움츠리며 비명을 질렀다.

유아등이 곤충을 끌어들이듯 나의 운명은 위험을 초래하고 만다. 어쩔 수 없는 일이라고는 하나 곁에 있는 여성에게 자꾸만 두려움을 주는 것은 견딜 수 없다. 그것이 가련한 소녀라면 더더욱.

따라서 나는 지켜야 할 이를 위해 모든 것을 내팽개쳐야만 한다. ─구체적으로 말하자면 지금 막 손에 넣은 깃털베개지만, 우선 이것을 손에서 놓기 전에는 아무것도 할 수 없다.

습격자는 가차 없이 손에 든 총을 발포했다. 그러나 총탄은 내가 아니라, 내가 재빨리 창졸간에 집어 던진 깃털베개에 명중했다. 터져 나간 필로우 케이스에서 사방으로 흩어져 온 방에 피어오르는 깃털은 눈보라처럼 새하얗게 시야를 뒤덮어 재차 나를 쏘려던 적의 조준을 가로막았다.

신만이 내려 주실 수 있는 천혜와도 같은 그 틈에 나는 애용하는 두 자루를 뽑았다. 펄럭인 코트 자락이 역풍을 낳아 허공에 춤추는 무수한 깃털을 꽃보라처럼 휘날리게 했다. ─나쁘지 않다. 지금 이 순간 내 애총이 레종데트르(존재 증명)를 부르짖기에 충분한 스테이지가 갖추어졌다.

노래하라, 오른손의 '엘레지(Elegy)'─

그리고 울부짖어라, 왼손의…… 판타지(Fantasy)? ……으음, 아니지.

명명에 이르러 생겨난 나의 갈등을 습격자들은 놓치지 않았다. 깃털 너머로 난사된 총탄의 비를 피해 나는 침대 뒤로 몸을 숨겼다.

이번에도 이루어지지 못했다, 내 애총의 '명명 의식'은.

과거 로아나프라라는 신천지에 발을 들이면서 새로이 맞춘 두 자루의 우아한 권총. 오른손의 한 자루는 '엘레지'로 확고하게 결정했으나, 왼손의 나머지 한 자루에게는 아직도 어울리는 이름을 주지 못했다. 그 후 몇 번이나 사선을 넘나들었음에도, 전투의 극한 상황에서야말로 얻을 수 있을 시상(詩想)은 아직까지 찾아오려 하질 않았다.

적의 탄막이 끊어진 틈에 나는 엄폐물에서 몸을 날리며 허공에서 몸을 뒤틀어 다시 두 자루를 겨누었다.

연주하라, '엘레지'— 그리고 떨쳐라…… 토폴로지(Topology)? ……아니, 이것도 아니다. 대체 뮤즈께서는 언제까지 나의 정념을 애태우실 것인가.

결국 한 발도 쏘지 못한 채 바닥에 몸을 굴린 나를 향해 이번에야말로 습격자들이 살의의 총구를 겨누었다. 이만한 궁지에 몰아넣고도 신께서는 나의 운명을 가지고 놀 생각인 모양이지…….

쩌렁쩌렁 울려 퍼지는 두 발의 총성. 그러나 불을 뿜었던 것은 나를 향했던 총구가 아니었다.

주검으로 변해 쓰러지는 두 사람의 뒤에서, 느긋하게 새로운 개입자가 모습을 나타냈다.

"……남이 총구를 들이대든 말든, 그렇게 장난이나 칠 수 있는 신경줄 하나만큼은 진짜 대단하다고 생각해, 나도."

구세의 사도로 내 앞에 나타난 것은 그야말로 상상도 못했던 인물이었다.

투 핸드 레비. 어느 때는 적, 또 어느 때는 아군으로 나를 희롱했던 수수께끼의 여인. 이번 역할은 보아하니 후자인 모양이지. 공교롭게도 두 자루의 권총을 동시에 휘두른다는 파이팅 스타일은 나와 마찬가지. 나를 '얼음'이라 한다면 그녀의 거칠고 다듬어지지 않은 전술은 그야말로 '불꽃'이라 해야 할까. 어쨌든 나도 무시하지 못할 상대다.

그리고 레비의 뒤에서는 그녀의 파트너로 알려진 일본인 록이 나타났다. 일행과 달리 입구에 쓰러진 시체를 넘어설 때도 일부러 피 웅덩이를 피해 가려는 모습에서는 언제까지고 아수라장에 익숙해지지 못하는 소심함이 드러났다. 그러나 언제 어떤 상황에서도 넥타이를 빼놓지 않는, 자신만의 스타일을 관철하려는 그의 주의주장은 더 큰 경의로서 평가받아야 한다는 것이 나의 사견이다.

"……아! 당신은 그때 그 헌팅 여피족!"

호텔맨과 함께 총화에 겁을 먹고 테이블 밑으로 숨었던 트리시아가 록을 보자마자 버들잎처럼 모양 좋은 눈썹을 곤두세운다.

그러고 보니 그녀에게도 초면은 아니었다. 소개할 수고를 덜어서 고마운걸.

"우연, 이라고 할 수는 없을 것 같군."

일어나 선글라스의 브리지를 손가락으로 밀어 올리며 나는 두 사람의 의도를 헤아려 보았다. 이처럼 기이한 해후를 운명의 장난으로 간과할 만큼 내 눈은 옹이구멍이 아니다.

"그런 얘기는 나중에, 좀 더 차분한 곳에서 하는 게 좋겠어. 그보다도 로튼, 지금 6층에 셴화가 있거든. 곧 이쪽으로 올 거야."

"—."

셴화……. 그녀 또한 나의 비호가 필요한 여성 중 하나지만, 지금은 아직 얼굴을 마주할 수 없다. 그 전에 나에게는 수행해야 할 책무가 있다.

"만일 괜찮다면 도망칠 곳은 우리가 마련해 줄 텐데, 어떻게 하겠어?"

마치 내 사정을 모조리 눈치챈 것처럼 록이 현명한 제안을 해 주었다. 지금은 응할 수밖에.

"그 뜻을 받아들이지. 안내를 부탁한다."

로아나프라의 밤은 아직까지 나에게 안식을 주려 하지 않는 모양이다.

◆ 리우타오의 경우 : 2

처음에는 나의 페이스로 싸움이 흘러갔다.

적의 무기는 한 쌍의 유엽도. 그것만이라면 간격에서는 나의 삼절곤이 유리하지만, 애석하게도 그녀의 칼은 칼자루를 서로 긴 끈으로 연결하여 유성추처럼 휘두를 수도 있는 무시무시한 무기였다.

쌍도를 휘두르는 여걸의 도법은 유파를 알아볼 수 없을 정도로 아류(我流)에 가까웠으나 성향은 분명 첫수의 큰 기술로 승부를 내는 일격필살의 전술에 치우쳤다. 평소 총을 손에 든 '사냥감'만을 노렸다면, 그야말로 합리적인 스타일. 분명 그녀의 먹이가 된 놈들은 무슨 일이 일어났는지 알아차릴 틈도 없이 정수리가 쪼개지거나 목이 날아갔을 것이다.

그러나 무기와 무기를 맞대는 간격의 싸움이라면 승부를 결판 짓는 것은 공격에 공격을 거듭하는 변화무쌍한 투로(套路). 보아하니 이 여자는 그쪽의 감은 녹이 슬게 내버려 두었는지 연속 기술에 허술함이 있었다. 세 수나 네 수 정도를 맞부딪치면 즉시 간격을 벌리고 태세를 재정비하려 드는 것이다. 오랫동안 본고장의 고수를 상대해 보지 못했으리라. 그러나 나는 본고장의 영춘권(詠春拳), 육점반곤(六點半棍)을 익힌 몸이다. 군인 출신들의 나이프 기술과는 차원이 다르다.

게다가 여자는 무슨 장난을 치는지 발굽이 높은 구두를 신고 있다. 멋인지 취향인지는 모르겠으나 덕분에 가장 중요한 보법(步法)을 스스로 죽여 버리고 있는 셈이었다.

서른 합을 맞부딪쳤을 무렵에는 대충 바닥이 보이기 시작했다. 역시 내가 노려야 할 수는 후발선지(後發先至), 카운터다. 일부러 큰 기술을 유도하여 그 틈을 파고들면 결판을 낼 수 있으리라고— 그 시점에서는 나도 아직 냉정하게 전략을 짤 만한 여유가 있었던 것이다.

나름 버거운 상대인 것은 틀림없다. 만일 파트너와 둘이 동시에 덤벼들었다면 나도 위험했으리라. 이판사판의 도발에 호락호락 넘어와 주었기에 나도 승산을 엿볼 수 있었지만, 반대로 말하자면 나는 쌍도여걸과의 육박전에 정신이 팔려 또 한 사람, 조그만 여자…… 프릴투성이 스커트를 입고 체인 톱을 휘둘러 대던 그녀에게는 전혀 손을 대지 못했다.

이 기회를 놓칠세라, 그 기분 나쁜 고스로리는 그저 관전만 하다가 심심해졌는지 하필이면…… 빌어먹을, 믿을 수 없게도…… 바닥에 굴러다니던 송(宋)의 시체에 터무니없는 천벌 받을 짓을 저지르기 시작했던 것이다.

"아, 아니…… 이 망할 년이 뭐하는 짓이야!"

놀라움이나 분노보다도 내 노성을 유도했던 것은, 솔직히 말해 '공포'였다. 그야 나도 건달이다. 필요하다면 살아 있는 인간을 장작처럼 쪼개는 정도는 딱히 아무렇지도 않다. 본보기를 보여 줄 필요가 있다면 좀 과도하게 시체에 흠을 내는 짓도 안 하는 것은 아니다. 하지만 고스로리는…… 설마 송이 부모의 원수도 아닐 테니 시체를 욕보일 이유는 무엇 하나 없을 텐데도! 애초에 저년은 왜 메스니 수술 가위 같은 걸 가지고 있는 거야? 그리고 옆에 놔둔, 괜히 커다란 아이스박스는 또 뭔데?

참다못한 나는 지금도 격렬하게 검극을 맞부딪치고 있는 여걸에게 고함을 질렀다.

"야! 네 일행은…… 저년은 정신이 나가기라도 한 거야? 뭐, 뭘 하는 거야, 대체!"

"아, 저건 그녀의 취미랍니다. 좀 난감한 아이라서요. ……됐으니 이쪽에 집중하십시오."

쌍도여걸은 태연하게 말하더니 더욱 가차 없이 나를 베어 댔다. 나는 나대로 분명 목숨을 건 승부 도중이라고는 하지만, 눈앞에서 동생들의 시체가 썰려 나가고 있으면 아무리 그래도 동요하지 않을 수 없다.

『—어머, 눈알 참 예쁘네. 이건…… 제대로 건졌는걸…….』

고스로리는 찢어진 스피커 같은 기분 나쁜 목소리로 무언가 허옇고 둥그런 것을 손바닥 위에서 굴리며 꼑꼑꼑 웃음소리를 냈다. 그 순간, 나는 이번에야말로 진정한 의미에서 이 로아나프라라는 도시가 진짜 지옥임을 깨달았다. 이곳은 인간의 도시가 아니다. 이곳에 사는 것들은 악귀, 축생의 무리뿐이다.

당황한 내가 몇 걸음 뒤로 물러나자 쌍도여걸은 마치 노렸던 것처럼 오른손의 유엽도를 던졌다. 그러나 그것은 나도 노렸던 공격이었다. 큰 스윙으로 생긴 허점을 틈타 품으로 파고들기 위해 미리 생각해 두었던 공략법을 실행할 절호의 기회였다.

공기를 가르며 짓쳐 드는 무거운 칼날을 삼절곤으로 튕겨 내는 대신, 나는 몸을 숙여 앞으로 파고들어 피했다. 그리고 그대로 끄트머리를 잡은 곤을 옆으로 쳐들고 상대의 텅 빈 오른쪽 측면을 노렸다. 팔 길이까지 포함하면 아슬아슬하기는 하지만 내 간격이다. 여자가 강선을 잡아당겨 유엽도를 손에 되돌리기 전에 내 일격이 약간 먼저 꽂힐 것이다. 결정타는 되지 못하더라도 여자의 발을 3초 멈춰 놓기에는 충분하다. 그것만 있으면 저 악귀 같은 고스로리의 머리를 등 뒤에서 쪼개 버릴 수 있을 터—

그러나 쌍도여걸의 왼손을 미처 주목하지 못했던 것이 나에게 치명적인 실수였다.

그녀는 오른쪽의 일도를 던진 것과 동시에, 칼자루에서 늘어진 강선에 왼손에 남아 있던 나머지 일도의 칼등을 걸고 있었던 것이다.

여걸이 왼손의 도를 낚싯대처럼 치켜든 순간, 일직선으로 허공을 갈랐던 오른손의 유엽도는 느닷없이 궤도를 바꾸어 급격한 호를 그리며 내 등으로 날아들었다. 그렇다, 이건 그야말로 낚시였다. 여자의 공부를 가늠하지 못했던 나는 큰 기술의 허점을 노린다는 '미끼'에 호락호락 걸려들고 말았던 것이다.

그러나 그때—

"Woooooooooooooo!"

노성치고는 너무나 한심하고 비명치고는 너무나 괴상한 고함과 함께, 나는 어깻죽지에 충격을 받고 튕겨 나가 유엽도의 칼날에서 벗어날 수 있었다.

이럴 수가! 딕이 미식축구의 러닝백과도 같은 혼신의 태클로 나를 밀쳐 내 궁지에서 구해 주었던 것이다. 복도에서 몸을 웅크리고 있었어야 할 놈이 대체 어느새 방 안에 들어왔단 말인가. 아니, 그보다도 이 덩치만 큰 돼지가 칼날이 불꽃을 튀기는 전장에 뛰어들 배짱이 있었다는 데 놀랐다.

하지만— 그저 그것뿐이었다면 절묘한 지원이라 감사해 줘도 좋을 정도였지만, 역시 딕은 바보인지라 조금도 힘을 가감하지 못했다. 우리는 한데 얽힌 채 굴렀고, 기세가 넘친 나머지 방을 가로질러 창문을 깨면서 발코니까지 튀어 나가고 말았던 것이다.

"이— 이 등신아! 비켜, 얼른!"

딕은 멍청하게 크기만 한 몸으로 내 위에 엎드린 채, 마치 머리에 충격을 받은 것처럼 팔다리를 버둥거릴 뿐 좀처럼 일어나려 하질 않았다. 지금 쌍도여걸이 달려든다면 도로아미타불인데!

"리우 씨, 진정하세요! 트리시아 오설리번, 여기 없어요! 죽여 봤자 No return이에요!"

그 이전에 내 목숨이 위험해—라고 소리를 지르려 했지만.

"소여, 위층이야! 개망나니 쫓는다요!"

『……뭐어어? 지금 한창…… 좋을 때인데…….』

쌍도여걸과 고스로리는 이쪽이 당장은 움직이지 못한다는 사실을 알아차리자마자 잽싸게 몸을 돌려 복도로 뛰어나갔다. 마치 내 숨통을 끊는 것보다 더욱 서둘러야 할 일이 있는 것처럼.

그러고 보니 놈들 중 몇 명은 총격전 도중에 베란다로 도망쳤는데, 애초에 우리를 기습할 작정으로 방에 있었던 게 아니었던 건가? 그렇다면 놈들은 포주의 동료가 아니라, 오히려 우리와 마찬가지로 포주와 트리시아를 추적하고 있었다는 소리가 아닌가.

"—맞아, 트리시아 아가씨는? 애초에 왜 이 방에 없는 건데?"

"Hmm, 만약을 위해 방을 체인지(Change)했거나…… Oh! 리우씨, 저기!"

겨우 일어난 딕이 황급히 발코니 밖을 가리켰다. 쳐다보니 호텔의 비상계단을 황급히 뛰어 내려가는 네 명의 그림자가 보였다. 핫팬츠에 문신을 새긴 여자와 화이트 컬러 같은 여피 남자와 록 밴드의 보컬 같은 미남. 그런 통일감이라곤 전혀 없는 멤버들에 뒤섞여, 수배된 사진 속의 그 계집애가 보였다.

"헉? 아아아앗!"

여기서 옆방의 발코니를 거쳐 뛰어내린다면 비상계단까지 갈 수 있겠지만 그런 짓을 했다간 분명 놓칠 것이다. 놈들은 이제 곧 1층에 도착할 테고, 총으로 쏜다 해도 나는 인민해방군 출신 건달들과 달리 이 거리에선 정확하게 사격을 할 자신이 없다. 만에 하나 잘못돼서 트리시아에게 맞기라도 했다간 끝장이다.

"빌어먹을! 쫓아가자!"

"그래도 리우 씨…… 저 사람들, 1층에 자동차 준비해 놨으면 The end 아닌가요?"

"그때는 그때고! 아무튼 뛰어, 이 멍청아!"

놈들이 잽싸게 도망친 것을 보면 앞서 7층으로 보냈던 두 동생은 이미 죽었을 테지. 빌어먹을…… 하필이면 나 이외의 유일한 생존자가 이 정신 나간 백인이라니, 이게 무슨 신의 장난이람?

◆ 이디스 블랙워터의 경우 : 3

심야가 되어도 에이전트 '위저드'에게서는 전화가 없었다.

자주 연락을 주고받자고 못을 박아 놓은 이상, 거점을 확보한 시점에서 보고를 했을 것이다. 내가 걸어 봤지만 전원이 꺼져 있거나 전파가 닿지 않는 곳에 있다는 메시지뿐. 전화를 받지 못할 상황이라면 무언가 트러블에 휘말렸거나, 혹은 현재진행형으로 휘말리는 도중이라는 뜻일까.

어쩔 수 없이 나는 '외주'의 힘을 빌리기로 했다. 이런 시간에도 도시의 소문에 귀를 곤두세우고 있는 정보꾼이라고 한다면— 우선은 리로이겠지.

당장 전화를 걸어 보니 겨우 콜 두 번 만에 연결되었다. 내 명의의 착신이라면 리로이에게는 우수 고객이다. 뭘 잘못 먹더라도 놓쳐서는 안 된다.

『……여어, 한밤중에 수녀님께서 무슨 볼일이신가? 묵시록의 나팔이라도 울려 퍼졌나?』

"그때는 나팔보다도 먼저 더 요란한 수순이 있었을 텐데? 리로이, 넌 성서도 제대로 안 읽어? 벌 받을 놈."

요한묵시록 농담조차 제대로 못하다니, 이 남자의 신심도 뻔하다.

『이봐, 이봐, 설마 이런 시간에 내 신앙을 시험하고 싶었던 건 아닐 텐데? ―용건은?』

"로튼 알지? 인간 백정 셴화네 집 식객 말이야. 그놈에 관한 건수 중에서 뭐 새로운 얘기 들어온 거 없어?"

물론 가장 바람직한 대답은 '아무것도 없다'. 리로이의 귀에조차 소식이 들어오지 않았다면 '위저드'는 능숙하게 행방을 감추었다는 뜻이 될 테니까.

그러나 나의 소소한 기대는 멋들어지게 박살이 났다.

『그딴 건 팔 만한 정보도 못 돼. 보아하니 당신, 오늘 밤엔 밖에 안 나갔던 모양이지? 그 바보가 저지른 치정 싸움 소동이라면 어지간한 주점 카운터에서 얼마든지 들을 수 있다고.』

등줄기가 오싹해졌지만 나는 상대가 동요를 알아차리지 못하도록 자제했다.

침착해라. 리로이는 낮에 있었던 소동에 대해 이야기하는 것일지도 모른다. 트리시아를 확보한 단계에서 일어났던 트러블에 대해서는 이미 알고 있다. 그 이후의 사건만 아니라면 문제는 없다.

"낮에 무언가 큰 소동이 있었다는 건 들었는데―"

『조금 전이었어, 바로 조금 전. 산칸 팰리스에서 시체가 일곱 나왔다고. 여기에 로튼이 얽혀 있다는 얘기야. 뭐, 검증도 이미 마쳤으니 틀림없을걸.』

"……."

대체 주께서는 내 위벽에 얼마나 시련을 주시려는지.

“리로이, 주정뱅이들 허풍이 아니라 프로의 업무가 필요해. 평소대로 값을 쳐줄 테니 헛소문 없이, 잘 증류된 건수로 부탁해.”

나는 열심히 노력해 평온한 머리를 유지하려 했다. 사태와 무관한 제삼자에게서 상세한 정보를 얻어 두는 것이 중요하다. 유출된 소문의 형태에 따라 무엇이, 어디까지 드러났는지를 헤아릴 수 있다.

『그런 거라면야— 죽은 건 외부에서 온 동양인이고, 오늘 아침부터 시내에서 얼쩡거리면서 묘하게 눈에 띄었다더군. 듣자 하니 푸젠어를 쓰는 중국인이고, 백인 계집애를 찾는 모양이래. 아마 로튼이 바오네 가게에서 유혹했던 여자랑 동일 인물이겠지. 푸젠 마피아란 소문도 있지만 확실하진 않아.』

좋아……. 트리시아의 중요성에 대해 주목한 놈은 아직 없군. 상황이 그렇게까지 절망적이진 않다.

『그리고 파티 참가자는 시체가 된 놈들 말고도 셴화랑 소여, 그리고 라군의 투 핸드가 있었다던걸. 이놈들이 로튼에게 가세해서 피를 뿌려 댄 거겠지.』

“로튼은 어디로 갔어?”

『몰라. 로완네 가게에서 춤추고 있었단 얘기도 들었지만 헛소문 같아. 어째서인지 셴화가 머리에서 김 내면서 그놈의 행방을 찾고 있었다니까 거점으로 돌아갔을 리도 없겠지. 오히려 레비라면 뭔가 알고 있을지도 모르지만……. 그건 그렇다 쳐도, 에다 당신이 로튼에게 이렇게 집착하다니 무슨 일이야?』

“전에 포커 쳐서 그놈한테 대박 뜬은 적이 있거든. 슬슬 외상을 받아 내라고 하늘에 계신 주께서 말씀하셔서 말이야.”

『흐음, 그럼 서두르는 게 좋겠네. 푸젠어 쓰는 손님들 말인데, 낮에 봤다는 인원하고 호텔에서 나온 시체 수가 맞질 않아. 아직 몇 명 남았다면 로튼의 변제 능력도 그만큼 위험해지겠지.』

“그래, 또 뭐 새로운 건수 들어오면 전해 줘. 재수 좋게 로튼을 잡으면 한턱낼게.”

『그려, 고마워. 한턱 쪽도 기대하겠어.』

전화를 끊고 깊이 한숨을 내쉬었다. ‘위저드’가 어떻게 궁지를 벗어났는지 대충은 알겠다. 애초에 남의 이목도 아랑곳 않고 산칸 팰리스 같은 곳에서 한눈을 팔았다는 것부터 제정신을 의심하고 싶어지지만, 같은 곳에 셴화나 다른 자들이 있었던 건 우연이 아니리라. 그도 이 도시에서 알게 된 지인들을 교묘하게 이용해 보디가드 노릇을 시킬 생각이 아니었을까. 오히려 공세방어를 펼칠 생각에 일부러 눈에 띄는 곳으로 부다이방을 유인하고 셴화나 레비를 이용해 일망타진하려 했을지도 모른다. 그런 대담무쌍한 전략이 그가 말하는 ‘자신의 방식’이라면…… 유감스럽게도 그자는 에이전트 실격이라고 말할 수밖에 없다.

어떤 사정이 있든 이쪽의 양해도 얻지 않은 채 예정에 없던 인원을 작전에 끌어들이다니, 최악의 금기를 저질렀다. 특히 라군 상회— 뇌까지 근육으로 된 레비는 뭐 그렇다 쳐도 더치나 록은 필요 이상으로 머리가 잘 돌아가고 눈치도 빠르다. 놈들이 '위저드'의 언동에 의문을 품고 트리시아의 정체를 캐내기 시작한다면 만사 끝장이다.

켜켜이 쌓인 위험 요소는 이로써 분수령을 넘어섰다. 이제는 미국 쪽의 진척 상황을 살필 때가 아니다. 계획의 은밀성을 사수하기 위해서는 나도 이쯤 해서 최후의 결단을 내릴 수밖에 없다.

진저리를 치며 혀를 찬 후 선글라스를 벗고 '에다'에서 '이디스'로.

이제는 가급적 신속하게 '위저드'와 연락을 취해야만 한다. 이대로 전화를 받지 않는다면 내가 직접 발품이라도 팔아 찾을 수밖에. 그렇게 생각하고 다시 전화의 등록 번호를 눌렀더니— 마치 내가 각오를 다진 것이 조건이기라도 했던 것처럼 이번에는 지극히 간단하게 통화가 연결되었다.

『……기이하군. 한밤은 악마가 준동하는 시간인데도 신의 계시가 오다니.』

이런 상황에서도 여전히 헛소리를 날려 대는 정신머리는 대체 어디서 오는 걸까? 이 남자가 하다못해 두 시간만 일찍 전화를 받아 주었더라면 상황은 완전히 달라졌을지도 모르는데.

"상당한 추태를 저질렀던 모양이지, 위저드."

『천상의 옥좌에서는 그런 일까지 내다보고 계신가?』

사태의 심각함을 전혀 모르고 있는 듯 태연한 어조에 마침내 나의 자제심에도 한계가 찾아왔다.

"신은 고사하고, 이 도시의 누구나가 다 아는 일이야! 온 시내의 술집에서 주정뱅이들이 네놈의 못난 짓을 웃음거리로 삼고 있다고!"

고함을 질러 댄 후에 한숨을 쉬어 조바심을 머리에서 몰아낸 후, 나는 최대한 사무적으로 말을 이었다.

"변명도 사죄도 필요 없다. 이쪽의 요구는 단 하나— 트리시아를 죽여라. 방법은 묻지 않겠다. 시체 처분은 이쪽에서 맡는다."

『…….』

수화기 너머에서 '위저드'는 침묵했다. 그가 처음으로 내게 보이는, 명백한 곤혹의 기척. 그리고 그것은 이제까지의 농담 같은 말보다도 더욱 내 신경을 거슬렀다.

설마 이자는 현재의 상황에 불안 요소가 전혀 없다고, 진심으로 생각하고 있는 걸까?

『신의 계획은 원대하여 속세 사람들은 이해할 수 없다지만—』

"지금 말한 대로다. 네놈이 나설 차례는 없다. 냉큼 무대에서 내려가라."

이 이상의 문답은 필요 없다. 나는 일방적으로 통화를 끊었다. 이래도 놈이 이쪽의 지시를 따르지 않겠다면 그때는 명확한 반역으로 간주하고 대처할 것이다.

—내가 판단을 너무 서둘렀나?

지금도 여전히 미국에서 진행되고 있을 필립 오설리번의 설득 성과에 일말의 희망을 걸어 봐야 하지 않을까.

아니, 결코 아니다. 첩보 작전은 판도라의 상자만큼 자비롭지 않다. 바닥까지 뒤집어 보면 최후에 희망이 얼굴을 드러낸다는 낙관론 따위는 금물이다.

이번에 DO가 마련한 에이전트는 은밀한 작전에 적합하지 않았다. 놈이 저지른 실수의 뒷설거지는 중대한 위협이 될 것이다. 그 무게는 'If' 같은 낙관론과 맞먹을 만한 것이 절대 아니었다.

애초에 오설리번 가문과 청 가문의 혼담만 방해할 생각이었다면 납치 사기로 위협한다는 번잡한 방법을 쓸 필요가 없었다. 처음부터 트리시아의 암살을 계획했어야 했다.

DO가 그러지 않았던 것은 로아나프라라는 도시의 어둠을 보며 지나치게 달콤한 꿈을 꾸었기 때문이다. ―다시 한 번 과거의 황금기처럼 복잡하고 기괴하게 얽힌 음모의 기믹을 굴려 보겠다는 바보스러운 회고.

그 어리석은 놈들은 왜 모르는 걸까. 그러한 오만함이 바로 현재의 CIA가 빠진 궁지를 초래했음을.

분명 로아나프라는 똥통이다. 이곳에 무엇을 버리러 오든 말릴 이유는 없다.

그러나 이곳에서 똥 이외의 무언가를 건지려 한다면 그건 큰 착각이다. 하다못해 그 정도 진리는 대릴 부부장도 이해해 주었으면 한다.

◆ 어느 마술사의 경우 : 3

부옇게 밝아 오는 동녘을 올려다보며 나는 홀로 상념에 잠긴다.

이곳은 라군 상회가 소유한 도크 지붕 위. 과거에 내가 투 핸드 레비와 치열한 전투를 벌인 감개무량한 장소다. 생각해 보면 셴화와 소여를 만난 것도 그날 밤이었다. 그때 업화 속에 무너졌던 건물은 수리되어 원래 모습을 되찾았다.

트리시아는 자극이 심했던 하루에 피로해졌는지 지금은 2층에 놓인 소파에서 곯아떨어졌다. 하다못해 꿈속에서만은 그녀에게도 다정한 안식이 찾아오면 좋으련만.

그러나 잠이 안도를 약속해 주는 것은 무구한 영혼에게만 주어지는 은총이다. 나는 바랄 수도 없다.

먼 동쪽의 아침놀에 묻노니.

내가 무엇을 이룰 수 있을까.

그리고 무엇을 이루지 못한 채 끝날까.

혹은 오늘이라는 새로운 하루가— 그 끝이 찾아오는 날이 될까.

"……당신, 정말 높은 곳을 좋아하는군."

그 목소리에 돌아보니, 천장의 채광창에서 상반신을 내밀고 이쪽을 바라보는 록과 눈이 마주쳤다.

"높은 곳일수록 하늘이 가까우니까."

지극히 당연한 대답을 했는데, 록은 미심쩍다는 투로 눈을 가늘게 뜨더니 창에서 나와 지붕으로 올라왔다. 곁에 나란히 앉는 그를 거부하지는 않았다. 누구에게나 새벽을 바라보고 싶어질 때가 있는 법이다.

"트리시아는 내버려 둬도 돼?"

"여성의 잠든 모습은 미리 승낙을 얻었을 때만 바라보기로 했지."

"그런 사이는 아니다, 그 말인가?"

"……."

나는 침묵으로 대답했다. 록은 그것을 비열하다고 생각했는지 약간 나무라듯 목소리를 딱딱하게 굳혔다.

"트리시아는 당신에게 반했어."

"그 아가씨의 잘못은 아니지. 책망할 수는 없어."

'사랑에 빠진다.'는 말의 절묘한 점은 '낙하'라는 뉘앙스다. 중력에는 아무도 저항할 수 없다. 사랑이란 곧 함정과 같다. 어쩔 수 없을 정도로 위험하고 감미로운, 인생의 덫이다.

"그렇게 되도록 당신이 꾸민 건가?"

"내가 그렇게까지 잔혹한 남자로 보이나."

딱히 상처 입은 목소리를 가장할 생각도 없었지만 그래도 록은 입을 다물었다. 다정한 남자인 것이다. 이 비정의 도시에서는 반드시 미덕만은 아니지만.

“그럼 왜…… 당신은 목숨까지 걸고 그 아가씨를 지키려 하지?”

이번에는 내가 대답에 궁색해질 차례였다.

무엇을, 어떻게 설명해야 좋을까.

“……과오와 죄업만을 쌓은 인생이었다. 그런 나도 이 도시에서라면 처음부터 다시 시작할 수 있을지 모른다고 생각했지. ……하지만 부질없는 짓이었다. 운명은 어디까지고 집요하게 나를 따라왔으니까. 결코 씻어 낼 수 없는 저주처럼.”

나는 잠시 말을 끊고 지나가 버린 것, 이제는 돌이킬 수 없는 모든 것에 묵도하는 시간을 가진 후 말을 이었다.

“하다못해 아직 속죄하기 늦지 않은 죄가 있다면 지금 갚고 싶다고— 그렇게 생각하는 나를, 어수룩하다 비웃을 텐가?”

내가 그렇게 묻자 록은 살짝 고개를 가로저었다.

“그렇게 말하는 당신이 적어도 내가 생각하던 인물상에 가까워.”

“어떤 자라고 생각했지, 나를?”

“누군가가 지시하는 대로 따를 만한 남자는 아니라고 생각했지.”

“…….”

이번에는 내가 록을 빤히 들여다볼 차례였다.

“당신은 아직도 트리시아를 지키고 싶어?”

"……어떻게 대답해야 할까, 나라면."

"지시할 수는 없지. 당신이 정해야 하니까."

내치듯 그렇게 말하더니, 록은 조용한 미소를 지으며 덧붙였다.

"하지만 그 전에 한 가지만. —지킬 거라면, 우리는 도와줄 수 있어."

"……."

결코 이 도시에는 어울리지 않는 미소.

그렇다. 이곳은 다정함이 미덕이 되는 곳이 아니다.

그러나 그것이 아무리 무의미하고 바보스러운, 기적처럼 보기 드문 것이라 해도, 하다못해 한 사람 정도는 감사하고 칭송할 자가 있어도 좋지 않을까.

"……긴 이야기가 될 텐데, 괜찮겠나?"

"좋고말고."

그래서 나는 모든 것을 털어놓았다.

이제 내가 지불할 수 있는 사례라고는 성의 정도밖엔 남지 않았으니까.

◆ 더치의 경우 : 2

도크 2층에 놓아둔 소파는 사무소의 것과는 달리 체면을 신경 쓸 필요가 없다. 쉽게 말해 엉덩이를 받쳐 주는 데나 쓸모가 있는 수준의 잡동사니다. 드러눕는다 해도 편안한 잠자리를 기대할 수는 없다.

그 점을 생각한다면 이 트리시아인지 하는 계집애의 숙면은 그야말로 훌륭하다 할 수밖에. 아무리 낯선 땅에서 복잡한 일이 겹쳐져 피곤해졌다지만 보통 신경줄이 아니다. 분명 맨바닥만 아니라면 어디든 상관없이 잠들 수 있는 아가씨일 것이다.

거기에 더 대단한 점은, 주변을 의식하지 않는 커다란 코골이였다. 언짢기 그지없는 표정을 지은 레비와 협의한 결과, 우리는 이 소음을 '오리의 포효'라 칭하기로 했다. 이러니 호텔을 택할 수밖에. 흔해 빠진 싸구려 숙소에서 벽이 얇은 객실을 잡아 묵었다면 옆방 손님과 살육전이 벌어질 것이다. 이것 또한 집안 환경에서 비롯된 관록이라고 해야 할까.

"……록 자식은 언제까지 수다나 떨고 있을 거람."

레비는 담배 소비 속도로 보건대 상당한 기세로 저기압을 발달시키는 중이다. 요즘은 이 녀석을 달래는 기술이 완전히 록의 전매특허가 되어 가고 있기에 고용주로서 좀 걱정해야 할 일이지만, 그래도 상대적으로 보면 레비도 전보다 훨씬 둥글둥글해졌으니 긍정적으로 생각할 수밖에.

또 한 가지 다행스러웠던 일은, 레비가 울분을 터뜨리기 전에 록이 천장에서 사다리를 타고 내려왔다는 것이다.

"로튼은 승낙했어. 우리가 조건만 들어준다면 전면적으로 협조하겠대."

"허, 그 약쟁이랑 얘기가 통한 거야? 난 난쟁이원숭이한테 길 묻는 거나 마찬가지일 거라고 생각했는데."

독설가인 레비도 어지간히 놀랐는지 감탄했다. 네고시에이션은 록이 고향에 있던 시절에 함양한 하나뿐인 능력이다. 그가 갖춘 것 중에서 유일하게 이 도시에서도 '송곳니'로 통할 만한 스킬이지만 이것이 또 제법 쓸 만하다.

"그래서, 역시 그놈 뒤에는 CIA가 버티고 있다던가?"

"로튼도 사령탑이 누구인지는 몰랐어. 직접 얼굴을 본 것도 아니래. 하지만 이걸 넘겨주었지."

그렇게 말하며 록이 내민 것은 싸구려 휴대전화였다.

"이 프리페이드 전화 너머에 우리가 노리는 진짜 사냥감이 있어. 그놈을 유인해서 잡는 거야. 드디어 게임이 시작되었어, 더치."

허이고, 참으로 기쁜 표정을 짓는군. 이렇게까지 일과 취미를 혼동하면 월급을 주는 것도 바보스럽게 여겨지는걸.

"……그래, 로튼이 요구한 '조건'이란 뭐였어?"

"아, 그게 말인데, 라군호가 좀 필요하겠어. 아마…… 팡칼피낭 정도까지 원정을 가게 되지 않으려나."

"방카벨리퉁 말이야? 그 바벨에는 왜?"

"뭐, 잠깐 매입 때문에. 그리고 로아나프라에서 벌일 일 때문에 호텔 모스크바의 손을 빌리고 싶어. 더치, 발랄라이카 씨와 얘기를 주선해 주지 않겠어?"

"그건—"

그 아프간 귀환병 출신 전쟁광은 취급 주의 인물의 대표 격이다. 끌어들일 거라면 내가 사이에 있어야 할 것이다. —그러나 노파심에서 입을 열려던 나도 록의 기묘하게 들뜬 모습을 보는 사이에 갑자기 기분이 바뀌었다.

"좋아, 연결 정도는 해주지. 부디 정중하게 대하라고. 군인의 예법은 만만한 게 아니니까."

"그래, 나도 알아."

어라라, 아주 절호조구먼, 미스터 갬블러. 그렇다고는 해도 지금 살짝 간담이 서늘해져 보는 것도 후학을 위해 도움이 되겠지. '역경보다 뛰어난 교육은 없다.'고 디즈레일리도 그랬으니까.

◆ 이디스 블랙워터의 경우 : 4

"그랬군요. 필립 씨의 설득은 실패했단 말이지요……."

흉보는 대릴 부부장이 아니라 리처드 레이븐크로프트를 통해 전해졌다.

『필립 오설리번은 딸의 재난이 청 가문의 사정과는 무관하다는 인식을 한사코 양보하려 들지 않았다고 하네. 양측을 연결 지어 옛 친구의 명예를 깎아 내리는 발언은 용납하지 않겠다더군.』

그렇게까지 단언할 수 있을 만큼 청순티엔과 필립 오설리번의 우정은 확고하고 흔들림이 없는 것이리라. 이 얼마나 존엄한 도덕성인가. 그리고 첩보란 일은 종종 그러한 선인을 함정에 빠뜨려 먹이로 삼는다.

『따라서 트리시아 오설리번의 처치 또한 예의 그 옵션으로 이행해 주어야겠네.』

"예, 즉시."

이로써 트리시아 살해는 나의 독단이 아니라 본부가 공인한 방침이 되었다. 물론 한발 먼저 '위저드'에게 지령을 내렸던 점은 입을 다물 것이다. 선견지명에 대한 칭찬은 단순한 자화자찬으로나 개인의 가슴속에 묻어 둘 수밖에 없다.

"이러한 중요한 지시는 작전 입안자인 대릴 부부장님께 직접 듣고 싶었습니다만."

『차라리 그렇게까지 낯가죽이 두껍다면 그자도 그나마 더 쓸 만하겠지. 유감이지만 과분한 기대일세.』

"그런 모양이군요. 부부장님께는 이렇게 전해 주십시오. ―겁쟁이 똥싸개라고."

『내 감정까지 섞어서 한층 더 신랄한 말을 준비해 줌세. 그러면 잘 부탁하네.』

"알겠습니다."

통화를 끊은 나는 관자놀이를 손가락으로 문지르며 창밖의 아침 해에 눈을 가늘게 떴다. '위저드'의 보고는 아직 오지 않았다. 시곗바늘은 곧 7시를 가리킨다. 본부의 방침도 굳어진 이상 느긋하게 유예를 줄 수도 없다. 재촉에 어느 정도 공갈이 필요할지를 생각하며 나는 '위저드'에게 넘겨준 핸드폰의 번호를 눌렀다.

내 생각과 달리 콜 횟수는 맥이 빠질 정도로 짧았다. 금세 통화가 이루어진 것을 나의 제육감이 수상쩍게 여겼다.

그리고 불길한 예감은 수화기 너머에서 들려온 목소리에 확신으로 바뀌었다.

『……드디어 납셨군. 기다리다 목 빠지겠어.』

우선 '위저드'의 목소리가 아니라는 점만으로도 충분히 문제인데, 심지어 그 목소리가 귀에 익었다. 약간 딱딱한 억양이 남은, 한 어절씩 또박또박 끊어지는 발음. 잘못 알아들을 리가 없다. 라군 상회의 일본인 선원, '넥타이를 맨 해적'이라고 야유를 당하는 그 명물…… 록이었다.

대체 어떤 경위로 그가 이 전화를 받게 되었는지를 추측하는 것보다도 우선, 나는 놀라움을 억누르는 데 의식을 집중해야만 했다. ―전화 너머에 있는 사람이 지인임을 록에게 들켰다간 위험해진다. 연기라고는 하지만 당연한 수순으로, 우선 시치미를 떼는 데서부터 시작해야 한다.

"넌…… 누구냐."

『누구든 무슨 상관이야. 이 핸드폰의 새로운 소유주라고 해두지.』

"예전 소유주는 어떻게 됐나?"

『내뺐어. 이 핸드폰과 또 다른 짐을 5만 달러에 팔아 치우고. 내 말뜻, 알아듣겠지?』

'위저드'…… 이렇게 어리석을 수가. 사태는 계약 불이행 정도의 어수룩한 사태로 끝나지 않는다. 어엿한 배임 행위다. 우리를 우습게 보면 땅 끝까지 쫓기게 될 텐데, 겨우 5만 정도 푼돈에 목숨을 팔았단 말인가.

"……그러면 묻겠는데, 지금 그 전화를 들고 있는 네놈은 대체 어쩔 작정으로 5만 달러의 값을 매겼지?"

『사들인 짐을 댁에게 팔아 치울 수 있으리라 생각했거든. 언젠가 여기로 전화를 걸 인간에게 말이야.』

"……."

'위저드'는 푼돈 5만 달러를 벌면서 무슨 방법으로 '상품'을 팔아 치웠을까.

우선 거래를 성립시키기 위해, CIA와 얽힌 물건임을 감추었다는 점은 확실하다. 록도 그런 뒤숭숭한 거래임을 알면서 승낙할 만큼 목숨을 소홀히 하지는 않을 것이다. 하지만 단순한 인신매매에 5만이나 되는 액수를 붙이지는 않을 터. 적어도 영리 유괴에 관한 꿍꿍이가 있었음을 폭로한 후에 붙인 가격일 것이다.

문제는— 과연 '상품'의 정체가 탄로 났는지 아닌지였다. 그에 따라 록에게 대처할 방법도 달라진다.

"……좋다. 그쪽이 사들인 가격의 두 배로 인수하지. 어떤가?"

그러나 록은 내 제안을 비웃듯 코웃음을 쳤다.

『10만이라고? 천하의 오설리번 코퍼레이션 사장 영애를? 멍청한 소리. 댁이 부모님에게 얼마를 뜯어낼 작정인지는 몰라도, 설마 페라리 한 대로 퉁칠 만한 액수는 아닐 텐데?』

"……."

아아, 록. 너란 놈은 정말—

『걱정하지 마. 너무 심하게 나가진 않을 테니. —30만. 그거면 댁은 앞으로도 오설리번에게 몸값을 요구할 수 있어. 그 정도면 남는 장사지?』

시냅스의 신호가 뇌를 한 바퀴 도는 0에 가까운 찰나 동안 '에다'는 망상에 사로잡혔다.

지금 당장 록을 가장 가까운 주점으로 불러내 가게에서 제일 독한 술을 처먹여 문드러지도록 취하게 만든 후, 사태의 전말을 모조리 깡그리 설명해 주고, 네가 지금 얼마나 바보 같고 무모한 불장난에 손을 댔는지, 얼마나 구제할 길 없는 실수를 저질렀는지를 깨닫게 해주기 위해 온갖 욕설을 섞어 철저하게, 숫총각 딱지를 떼었던 밤보다도 강렬히 기억에 아로새겨질 만큼 단단히 설교해 주고 싶다. 농담으로 넘어갈 장난과 자살행위를 분간하는 방법을 이 소악당 놀이에 들뜬 대가리에 확실하게 박아 넣도록 말을 고르고 골라서. 그래, 레비를 동석시켜도 좋겠네. 그 녀석이라면 나보다도 더 더럽고 통렬한 말로 록의 어리석음을 타일러 줄 테니까.

—그런 너무나도 덧없고 무의미한 꿈에 아주 잠깐이라고는 하지만 상념을 굴리다니, 나도 갈 때가 된 걸까.

"알았다. 그 가격으로 거래에 응하지."

록이 자신의 어리석음을 이해하는 일은 평생 오지 않을 것이다. 차근차근 가르쳐 줄 기회도 없다. 그 전에 그의 인생은 끝난다.

하다못해 치명적인 한 걸음을 내디디기 전에 경고만이라도 해 줄 수 있다면 이야기가 완전히 달라졌으리라. 그러나 그는 이미 칩을 테이블 위에 쌓고 말았다. 가슴께의 카드에 무엇을 감추어 두었는지 알 도리도 없이 올인을 선언하고 말았다.

바이바이, 록. '에다'의 설교를 듣기도 전에 너는 '이디스'의 적이 되고 말았어. 짧은 만남이었다고는 하지만 나름 마음에 들었던 너를, 나는 이제 버러지처럼 짓밟아 으깨 버릴 거야.

『좋아. 오늘 오후 2시까지 돈을 마련해 둬. 전달할 장소는— 추후 지시하지.』

"트리시아는 무사하겠지?"

『안심해. 다만 수상한 짓을 했다가는 보장할 수 없어. 내가 돈을 가지고 동료들에게 돌아가지 못하면…….』

"더 말할 필요 없다. 알고 있으니."

그렇다. 그것이야말로 내가 바라던 바다. 최악의 결렬에 최악의 보복으로 응하는, 그러한 가차 없는 결말에 이르러야만 한다.

전화를 끊은 나는 깊은 피로를 의식하며 '에다'의 선글라스로 눈을 가렸다.

아아, 레비. 너는 록의 수호천사 아니었어? 언젠가 예배당에서 해줬던 충고를 잊어버린 거야? 어울리지도 않게 좀스러운 돈벌이를 노린 탓에 록은 똥 정도가 아니라 숫제 지뢰를 밟아 버렸어. 투 핸드는 저승사자하고도 트고 지내는 녀석 아니었냐고.

왜 무덤 냄새를 맡고 그놈의 소맷자락을 잡아당겨 주지 않았던 거야.

◆ 발랄라이카의 경우

관리직을 다망하게 만드는 것은 평상 업무가 아니라 갑작스럽게 끼어든 일이다.

그것도 신중한 판단을 요하는 고민스러운 안건일수록, 마치 내 허점을 노렸던 것처럼 예기치 못한 타이밍에 끼어든다. 그리고 오늘 아침 식사 시간에 찾아온 방문객은 한층 의외성이 높은 인물이었다.

라군 상회의 수습 선원, 오카지마 로쿠로— 아무리 그래도 '수습'이라 불릴 만한 기간은 이미 지나갔을 텐데도 이 청년은 여전히 '바다 사나이'의 분위기를 갖출 기색이 없다. 무역 회사에 근무하던 일반인 시절의 습관을 견지하고 있는 괴짜.

"더치에게 설명으로 개요는 들었어. ……성가신 일에 고개를 들이밀고 싶어 하는 버릇을 언제까지고 버리지 못하는 모양이지, 록."

"덕분에 스릴과 모험이 떠날 날이 없지요."

여전히 일본인 특유의, 겸허한 예의범절을 연막으로 삼은 진의를 파악하기 힘든 미소를 짓고 있다. 동남아시아를 거점으로 삼은 활동 때문에 나는 몇 번이나 일본인과 교섭할 기회가 있었는데, 그들은 생각을 할 때도, 영합을 할 때도, 그리고 협박을 할 때조차도 이 미소의 가면을 벗지 않는다. 정말 귀찮은 족속이다.

특히 이 록이라는 사내는 얼빠진 풍채와 달리 이쪽의 예상을 배신하는 어이없는 의도를 가슴에 품는 경우가 종종 있다. 그의 언동이 가져다주는 놀라움을 나는 꼭 싫어하는 것은 아니다. 우리 식구가 아님에도 재미있는 도련님이라고 생각한다.

"로아나프라에 CIA가 침투한다는 것은 호텔 모스크바에게도 우려해야 할 사태일 것입니다. 하지만 지금 이 자리에서 당신의 도움을 얻는다면 우리는 놈들의 뿌리를 끊을 수 있습니다."

"하긴, 이 도시에 미제(美帝)의 '벌레'가 있다는 말만으로도 나에게는 충분히 불쾌한 뉴스인걸. 구제하는 데 수고를 아낄 이유는 없지."

과연. 이 도시의 특이성이 타국의 첩보 기관에게 마음대로 이용당한다니, 심히 불쾌한 이야기지. 록이 가져온 안건은 그 자체로는 아무런 수상쩍은 부분이 없었다.

굳이 의심한다면— 나를 찾아온 것이 록 하나뿐이라는 점.

"내 이유는 엄연하다 쳐도, 록— 네 이유는 어디에 있지?"

"……예?"

"단순한 하청 운반책 주제에 왜 스파이를 배제하는 데 혈안이 되었는지……. 네 개인에게는 아무런 '이익'도 없는 이야기일 텐데. 대답해라, 록. 이건 대체 누가 사주한 일이지?"

갑작스럽게 힐문조로 말투를 바꾸자 록은 약간 당황한 듯 입을 다물었다. 그런 그를 나는 정면으로 응시했다. 내 눈은 기만을

'불태울' 수 있다. 이렇게 몇 번이고 부하의 위증을, 포로의 거짓말을 확실하게 태워 버렸던 것이다.

"……이 도시의 모습은 이 도시 주민들이 정해야 합니다. 외부 놈들이 마음대로 이용하다니…… 그런 건, 저는 수긍할 수 없습니다."

"흐음—"

과연. '거짓말'은 아니지만 '히든카드'는 있는 모양이지. 뭐, 그 정도면 됐어. 누가 부추겼든, 록이 본인의 의지로 움직이고 있다고 생각하는 건 사실이겠지.

"다시 말해 이번에도 네 '취미'라는 걸까, 록?"

"뭐, 그런 셈이지요."

이자도 변했다. 전에는 항상 조연이었으며, 누군가의 어시스턴트가 되어 곁에 가만히 서 있는 존재였다. 때로는 운이 받쳐 주어 히든카드를 쥐게 되지만 스스로 게임의 흐름을 지휘하는 짓은 하지 않았다. 이것도 성장이라고 해야 하려나.

전에 일본에서 볼일이 있어 통역으로 동반시켰을 때부터 조짐은 있었다. 어쩌면 그때의 경험이 계기가 되었는지도 모른다. 그렇다면 나에게도 몇 할의 책임은 있다.

아주 조금, 나는 이 풋내 나는 남자를 놀려 주고 싶어졌다.

"요즘은 상당히 장난에 열중하는 모양이지. ……얼마 전 NSA와 라블레스 가문의 하녀 건도 그랬어. 이익은 없어도 흥미로 움직인다니. 너의 그러한 우스꽝스러움은 이따금 나를 유쾌하게 해줘."

“…….”

이야기의 흐름이 불온한 방향으로 움직이고 있음을 본능적으로 눈치 챘는지 록은 자못 불안한 듯 몸을 움찔거렸다.

“록, 혹시 취미가 가지를 치다 못해 무대감독처럼 행세하기 시작한 건 아니겠지? 무대에 올린 인간들을 각본대로 춤추게 만드는 쾌감에 중독됐나?”

“전 딱히…….”

“나는 말이야, 과거에 5년 동안 광대 노릇을 감수한 적이 있어. 붉은 궁전에 눌러앉은 연출가 놈들의 손뼉 장단에 맞춰 냉전이라는 희극을 추었지. 그러니 이 얼굴의 화상 흉터는 말이야, 나를 유쾌한 피에로로 만들기 위해 놈들이 치덕치덕 발라 놓은 무대화장 같은 것이야. 오로지 놈들의 흥행에 우스꽝스러운 웃음을 더하기 위해.”

그리고 나는 아직 표정을 만들어 낼 수 있는 왼쪽 절반의 얼굴만을 움직여 비장의 미소를 보내 주었다.

“웃을 수 있겠나, 록? 너도 나를 춤추게 만들어 놓고 즐기려는 그런 족속인가? 어떻지?”

“…….”

나의 위협은 일단 록의 미소 가면을 벗겨 낼 만한 효과는 있었다. 그렇게 드러난 록의 맨얼굴은 극도의 긴장에 뻣뻣하게 굳었다. 그는 나의 의사표시를 정확하게 받아들였으며, 그 결과 충분히 겁을 먹기도 했다. 그러나 시선만은 흔들림이 없었다. 비유하자면 서커스의 줄타기 곡예사 같은 눈빛이다. 위기를 이해하고 공포에 이성이 흔들리면서도, 눈은 도망칠 곳을 찾아 흔들리는 것이 아니라 단 한 곳— 줄 너머의 종점만을 바라본다.

그렇다. 이 록이라는 사내는 어떤 궁지에 빠져도 결코 지침을 잃지 않는다. 평화에 해이해질 대로 해이해진 섬나라에서 그저 안온하게 회사원 노릇만을 했던 그가, 대체 어떻게 이러한 자질을 갖추기에 이르렀는지 나는 항상 궁금했다. 어쩌면 그것은 록 자신마저도 자각하지 못한 타고난 재능일지도 모른다.

나는 표정을 누그러뜨리고 온화한 미소를 가장했다. 그가 주특기로 삼던 가면을 이번에는 내가 쓸 차례였다.

"—이렇게 하지, 록. 나는 널 돕진 않겠어. 하지만 장난에는 어울려 주지. 약간의 도박이야."

"……그 말씀은?"

"나는 CIA 사냥에 참가할지도 모르고, 어쩌면 방관만 할지도 몰라. 어느 쪽으로 할지는 전략도, 손해 득실도 아닌 단순한 변덕으로 결정하겠어. 너는 그 점을 염두에 두고 자신의 거취를 결정하도록 해. 무엇을 걸지는 너의 자유야. 어때? 이거야말로 네가 좋아하는 스릴이 아닐까?"

록의 표정이 굳었다. 그에게는 이보다도 곤혹스러운 이야기가 없을 것이다.

"당신답지 않은 장난이군요, 발랄라이카 씨."

"그래, 맞아. 하지만 이 정도면 아까 네가 저지른 무례를 흘려

보내 줄 수 있지. 나를 너의 각본대로 춤추게 만들려던 벌이야, 도박사인 척하는 도련님. 나는 갬블러에게는 최대의 악몽이—결코 예상할 수 없는 주사위가 되겠어."

록은 적어도 불확정 요소를 제거할 책략의 일환으로 나를 끌어들이고 싶었을 것이다. 그것이 어떤 형태로 기대를 배신할지는 상상도 못했을 터. 아직 멀었어. 이 청년은 앞으로도 한동안 이런저런 교훈을 배울 필요가 있을 거야.

"이야기는 끝났어. 돌아가서 판돈을 정하도록 해. 아니면 게임을 포기하든가. 열심히 고민하고 결정하도록."

"……그렇게 하겠습니다."

풀이 죽어 방을 나가는 록의 등을 지켜본 후, 나는 즉시 개인적인 번호를 핸드폰에 두드렸다.

"아침부터 미안해, 챵. 잠깐 시간 괜찮을까?"

『여어, 발랄라이카. 모닝콜치고는 좀 늦었는걸. 아니면 어젯밤의 내 난행을 걱정해 준 건가?』

이곳 로아나프라에서 우리 호텔 모스크바와 세력을 양분하는 트라이어드의 지부장 챵 와이산은 입을 열자마자 그런 헛소리를 날렸다.

"단도직입적으로 묻겠어, 챵. 록에게 좋지 못한 소리를 흘려 넣은 게 당신이지?"

수화기 너머에서 나의 호적수는 대담한 웃음기를 머금고 말했다.

『그 자식이 설마 너에게까지 썰을 풀러 갈 줄이야……. 무턱대고 판돈을 올리고 싶어 하는 건 나쁜 버릇인데.』

아니나 다를까. 챵도 나와 마찬가지로 록에게는 모종의 관심을 품고 있다. 게다가 그는 나와 달리 장난기 어린 이벤트를 획책하는 데 적극적이다.

"나름대로 혼을 내주기는 했는데…… 챵, 그는 당신 혼자만 아끼는 게 아니야. 음모의 독은 앳된 도련님에게는 너무 달콤해. 그런 전도유망한 젊은이를 함부로 체카와 같은 패거리들에게 타락시킬 생각이라면, 나도 앉아서 보고만 있지는 않겠어."

챵이 모사꾼인 것은 사실이지만, 그는 멋을 안다. 그는 남을 춤추게 만들 뿐만 아니라 자신 스스로도 무대에 올라가 댄스를 청한다. 보아하니 록은 챵에게서 나쁜 놀이를 배우기는 했어도 챵의 그러한 기개까지는 배우지 못한 모양이다. 그저 연기자들에게만 춤을 추게 하고, 자신은 무대 뒤에서 음흉한 웃음을 드러내는 그런 족속으로 전락하고 말지도 모른다. 그것은 내가 가장 혐오하는 인종이다. 나는 록이 좀 더 멋들어진 악당이 되어 주었으면 한다.

"CIA를 배제하고 싶다면 당신이 직접 움직이면 될 일이잖아. 왜 직접 지휘하지 않지?"

『착각하지 말라고. 우리 트라이어드는 CIA가 뭘 꾸미든 손해 볼 일이 없어. 놈들이 로아나프라를 지배한다면 최대한 친하게 지내면 그만이야. 그 때문에 이 도시가 어떻게 바뀌든 알 바 아니지.』

"……흘려들을 수 없는 말인걸."

『이 도시에는 허식이 없어. 여긴 어떤 더러움도 삼키는 지옥의 가마라고. 그게 내가 마음에 든 점이기도 해. 어디 사는 누가 더러운 엉덩이를 들이밀고 오든 빈축을 살 이유는 없어. ―그렇다면 왜 엉클 샘의 앞잡이만 엉덩이를 걷어차여 날아가야 하지? 로아나프라에 놈들이 있을 곳이 없다면, 어떤 도리에 따라?』

"그런 건―"

『내 사정, 네 사정, 결국 그뿐이야. 미움받는 자가 배척당하는 건 그것이 합당한 도리여서가 아니야. 늘 '어떤 누군가'의 사정 때문이지. 발랄라이카, 너도 짚이는 구석이 있는 이야기일 텐데?』

"……."

『하지만 로아나프라는 너를 받아들였지. 이곳은 그런 도시야.』

이런 식으로 태연히 나에게 빈정거릴 수 있는 사람은 이 도시에 단 한 사람, 챵 와이산이라는 사내밖에 없다.

『―난 말이야, 이번 건에 대해서는 '도시의 뜻'을 묻고 싶었어. 이 도시에서 태어난 사람에게 옳고 그른지 판단을 맡겨 보고 싶었다고.』

"그렇다면 왜 그 일본인에게 맡겼지?"

『그게 아니지, 발랄라이카. 그놈은 '록'이야. 일본인이었던 오카지마 로쿠로가 아니고.』

챵은 딱 잘라 단언했다. ―그렇군. 그게 그 도련님에 대한 당신의 평가란 말이지.

『나도, 너도, 이곳에 오기 전부터 '챵 와이산'이었고 '발랄라이카'였지. 그러나 놈은 달라. 이 도시가 놈을 '록'으로 만들었어. 그놈이야말로 진정한 의미에서 로아나프라가 낳아 기른 사내야.』

"……언젠가는 그가 '도시의 목소리'를 듣게 될 거란 말?"

내가 억누른 목소리로 그렇게 묻자 챵은 호탕한 웃음소리로 얼버무렸다.

『하하, 글쎄. 지금은 아직 그럴 그릇이 아닌 건 사실이겠지. 하지만 앞으로 그 풋내기가 어떻게 탈바꿈할지…… 나는 흥미가 끊이질 않거든.』

"그러게. 그 점에 대해서만은 동의해 두겠어. ―방해해서 미안해, 챵."

『뭘. 나도 이대로 잡담이나 나누고 싶지만 애석하게도 손님이 기다리고 있거든. 나머지는 또 다음에 이야기하자고. 그럼 짜이찌엔.』

전화를 끊은 후, 나는 의자 등받이에 깊이 몸을 기댄 채 과거 아사히 중공업을 협박했을 때 있었던 일련의 소동을 회고했다. 바로 며칠 전 같기도 하고, 동시에 이미 상당히 오래 지난 것 같기도 하다. 그 무렵부터 풋내기치고는 기개가 있는 놈이라 생각했다. 그런데 지금은 겁을 먹지도 않은 채 내 시선을 똑바로 받아들이게 되었다. 사람 보는 내 안목도 제법 괜찮단 말이지.

사람이 행복해지는 곳이야말로 조국이라고 했던 것이 키케로

였던가. 혹은 이미 태어나 자란 극동의 나라 따위는 깔끔하게 잊어버렸을지도 모른다. 그것이 얼마나 시원하고 가슴 뛰는 삶일지…… 나는 상상도 할 수 없다. 과거에 충성을 바쳤던 국가의 그림자를 지금도 여전히 망령처럼 질질 끌고 있는 나는.

그것이 이 도시를 찾아온 인간과 이 도시에서 시작한 인간을 나누는 차이일까? 하기야 미래는 그에게 있다. 솔직히 말해 적잖이 질투하지 않을 수 없었다.

◆ 챵 와이산의 경우

발랄라이카의 전화를 끊고 나는 다시 맞은편 소파에 앉은 손님을 바라보았다.

"—실례했습니다. 직업상 소홀히 할 수 없는 상대의 전화이기도 해서요."

"아닙니다, 마음에 두지 마십시오. 무례한 방문을 사과드려야 할 사람은 저희 쪽임을 잘 알고 있습니다."

손님은 젊었다. 청년이라고 부르기에도 아직 이르지 않을까 싶을 만큼 앳된 소년티가 남아 있다. 그런데 몸에 딱 맞춘 듯 배어든 테일러드슈트에 꿀리지 않을 만큼 의젓함과 자신감을 갖춘 눈빛으로 나를 바라보는 풍채는 풋내 나는 아이의 것이 아니었다.

그리고 무엇보다 놀란 것은, 그렇게 당당한 풍모를 보이면서도 무릎을 단정히 모으고 숙연한 정적을 풍기는 자태였다. 재능 있는 젊은이 특유의 만용과 오만을 훌륭할 정도로 잘 감추고 있다. 얼마나 철저한 가르침을 받으면 이렇게까지 예절의 견본 같은 인간이 완성되는 것일까. 기껏해야 무뢰배에 불과한 나는 황송할 지경이다.

"하지만 지금 이 전화에서도 트리시아 양을 둘러싼 거래가 진행 중이라는 확증은 얻었습니다. 이건 좋은 소식이 아닐는지요?"

"아, 그랬군요. 역시 사장님의 귀에는 이 도시를 에워싼 풍문은 모두 들어가는 모양이지요. —챵 선생[5]을 의지한 것이 정답이었습니다."

나의 거성인 열하전영공사(熱河電影公司)를 수하 한 명 거느리지 않고 찾아온 이 젊은이가 바로 청커민(曾克敏)— 부다이방의 흑막 청순티엔의 손자이자, 바로 지금 소용돌이 한복판에 있는 인물 트리시아 오설리번의 정혼자다.

나도 설마 청 가문의 도련님께서 직접 내방하실 줄은 꿈에도 생각하지 못했다. 부다이방의 무법자 놈들은 지금도 현재진행형으로 로아나프라를 헤집고 돌아다닌다. 사냥개를 풀어놓은 것과 동시에 귀인(貴人)께서도 머리를 숙이고 문을 두드리다니 다소, 아니, 그 이상으로 기묘한 이야기였다.

"당신은 어디까지나 개인적인 판단으로 이곳에 왔다고 말씀하셨습니다만…… 정말로 상관이 없으신 겁니까? 청 가문은 이 건에 관해 이미 전혀 다른 방침으로 사태를 진행하고 있는 듯합니다만."

"조부님도 옳다고 판단하셨기에 배려해 주셨음은 저도 이해합니다. 그러나 아내가 될 여성을 둘러싼 문제에 대해 제가 아무런 책임도 지지 않고 좌시할 수만은 없습니다. 그리고 무엇보다— 조부님께서 강구하신 대책에, 저는 도저히 동의하기가 힘듭니다."

---

5) 중국에서 '~선생(先生)'은 '~씨'에 해당하는 일반 경칭이다.

"그 말씀은?"

"분명 저의 정혼자는 이곳 로아나프라에서 횡액을 만났습니다. 그러나 이 도시는 챵 선생, 귀하의 앞마당이라고 들었습니다. 그렇다면 그저 만용으로 쳐들어올 것이 아니라 마당의 주인에게 도움을 청하는 것이 도리 아니겠습니까?"

"—허어."

과연. 이것이 격동의 시대를 살아남았던 순티엔과 태평성세에서 자라난 커민의 사고방식 차이란 말이지.

오기와 체면을 겨루느니 무익한 충돌을 피하고 협조를 택한다— 이 젊은이는 새로운 시대의 기수로서 어울리는 안목을 갖추었다 할 수 있으리라.

"하지만 청커민 선생, 부다이방 또한 무위를 긍지로 생업을 꾸려 나가는 분들입니다. 제가 보고받은 바로도 이미 상당한 희생을 치렀다더군요. 이런 상황에 얌전히 물러나라고 한다면 그들도 체면이 서질 않잖습니까?"

"어쩔 수 없습니다. 사정이야 어쨌든 이 도시에서 소란을 일으킨 잘못이 저희에게 있는 것도 명백합니다. 자신들의 체면을 세우려면 우선 남의 체면을 짓밟지 않아야지요."

"……그렇게까지 말씀하시다니."

이거 두 손 들어야겠군. 이분은 일반인인데 건달보다 더 인의(仁義)를 잘 아는걸. 교육이 덜 된 우리 어린애들한테도 좀 본받으라고 하고 싶어.

뭐, 우리에게도 나쁜 이야기는 아니다. 상대는 의리가 투철한 데다 장래를 약속받은 명문가의 적자. 은혜를 베풀어 둔다면 훗날 충분한 대가를 기대할 수 있을 것이다.

"청커민 선생, 그쪽의 용건은 잘 알겠습니다. 금의반(金義潘)의 백지선(白紙扇), 나 창 와이산이 정중하게 로아나프라에 초대하지요. 트리시아 양의 안전에 대해서는 모두 맡겨 주시기 바랍니다."

◆ 리우타오의 경우 : 3

"철수, 하라니…… 도대체 그게 무슨 소립니까?"

청 가문의 적자 커민 도련님께 직접 전화가 올 줄은 나도 예상하지 못했지만, 내용은 예상은 고사하고 이해의 범주조차 벗어나 버렸다.

『이 이상 로아나프라에서 벌이는 행패는 용납하지 않겠다는 뜻일세, 아타오(阿韜)[6]. 자네의 고생을 무시하는 것은 아니네만, 이번 건은 좀 더 예의를 갖춘 방식으로 해결하겠네.』

"그럴 수가……. 그, 그건 차오어우라오의 지시입니까?"

『아니, 내 독단일세. 물론 조부님의 질책도 각오했고말고. 그러나 이 사태는 나의 혼담에 얽힌 문제일세. 이 이상 방관할 수는 없어.』

이게 지금 장난하나!

그렇게 소리를 지르고 싶어지는 것을 열심히 참고 나는 어디까지나 저자세로 일관했다.

"트리시아 아가씨는 이 리우타오가 책임지고 도련님께 모셔 가겠습니다! 부디 섣부른 행동 마시고 기다려 주십시오!"

---

6) '아(阿)'는 중국어에서 친밀한 사람 앞에 붙이는 호칭

『아홉이나 헛되이 희생했으면서 자네는 아직도 그런 소리를 하나?』

"윽……."

『아타오, 이 건에서 자네의 과오는 조금도 없었다는 점은 내가 조부님께 직접 말씀드리겠다고 약속하네. 조용히 푸젠으로 돌아가 주게.』

"제가 드리고 싶은 말씀은, 그래서는—"

『앞으로 이 건은 트라이어드에 일임하겠네. 내가 직접 고개를 숙이고 그들의 체면을 세워 협조를 부탁하였네. 만약 부다이방이 앞으로도 트라이어드를 방해한다면 아타오, 자네는 내 체면까지도 짓밟는 셈일세. 그것만은 명심해 두게.』

도련님의 어조 말미에는 싸늘한 위압의 기척마저 느껴졌다. 나는 분노보다도 오히려 믿을 수 없다는 놀라움에 숨을 멈춘 채 반박하지도 못했으며, 전화는 일방적으로 끊어지고 말았다.

"……이 자식이 장난하나……."

혹시나 몰라서 모텔 객실을 나와 복도에서 전화를 받았던 것이 정답이었다. 지금 내 모습은 도저히 동생들에게 보여 줄 수 없었다. 차오어우라오의 손자를 욕하는 형님이라니, 본보기를 보이지 못해도 유분수지.

하지만 이것만은 수긍하라고 해도 도저히 고개를 끄덕일 수가 없었다.

도련님은 이해하지 못해. 건달의 긍지란 걸. 그래, 온실에서

자라난 도련님이니 이해할 수 없겠지. 협객이 피를 흘린다는 게 무슨 의미인지.

이제는 돌이킬 수 없다고. 내가 죽게 만들어 버린 동생들에게, 마지막까지 날 믿고 따라온 그놈들에게 고개를 들 수 없단 말이다. 트라이어드? 알 게 뭐야. 같은 고향에서 태어난 동료들을 내팽개치고 하필이면 홍콩 놈들 따위에게 아양을 떨다니, 그 애송이야말로 청 가문의 체면을 짓뭉개 버린 셈이다.

나는 결심했다. 그 꼬맹이에게 협객의 오기란 걸 보여 주겠어. 이 바닥에는 절대 굽혀서는 안 될 게 있다는 사실을 가르쳐 주겠다고.

"—헉!"

방으로 돌아가려고 몸을 돌린 나는 눈앞에 우뚝 선 살집의 벽에 간담이 철렁 내려앉았다.

딕이었다. 바로 등 뒤까지 접근했는데 내가 어떻게 몰랐지? 애초에 이 자식은 대체 언제부터 여기 있었던 거야? 나와 도련님의 대화를 다 들었나?

"리우 씨…… 이제 일, complete지요? 모두 함께 home에 돌아갈 수 있지요?"

"……끝나긴, 개뿔이……."

"하지만 지금 tel은……."

나는 온 힘을 다해 딕의 옆얼굴에 주먹을 꽂았다. 몸집만 커다란 백인은 자세를 잡을 틈도 없이 그대로 일격을 받고 엉덩방아를 찧으며 바닥에 나뒹굴었다.

이제까지 이 자식 때문에 숱하게 짜증을 냈지만 이렇게까지 꼭지가 돌 정도로 화가 난 것은 처음이었다. 개똥만큼도 도움이 안 되는 덩치가 감히 나에게 참견을 해? 감히 나에게 말대답을 해?

"……잘 들어. 안에 있는 놈들에게 지금 전화 얘기를 했단 봐. 그때야말로 죽여 버리겠어. 혀를 뽑아다 비명도 못 지르게 만든 다음, 지분지분 천천히 죽여 버릴 테니까 각오해."

"……."

딕은 말없이 일어났다. 여느 때처럼 질질 짜거나 꼴사납게 떨지도 않고, 어째서인지 오싹할 만큼 조용한 표정으로, 그저 푸르고 싸늘한 눈빛을 띠며 나를 바라보았다.

"Mr. Liu, that path you have in mind isn't one of dedicating one's self toward loyalty(리우 씨, 그것은 충성을 다하여 목숨을 바치는 길이 아니오). Don't let an obstinate fixation on preserving one's pride cause one to lose sight of the greater righteousness at stake(자신의 체면을 고집해서 대의를 잃어버려선 안 될 것이오)."

대체 뭘 잘못 먹었는지, 딕은 그 기괴하기 그지없는 푸젠어가 아니라 매끄러운 영어로 줄줄 이야기하기 시작했다. 의미를 알아듣지 못하는 나도 그의 어조만으로 이놈이 날 타이르려 한다는 것만은 이해할 수 있었다.

"뭐라고 지껄이고 앉았어, 이 자식아! 영어는 모른다고 했지? 내가 우습게 보이냐!"

"Do you intend to lead your remaining compatriots toward certain death(살아남은 동포마저 사지로 몰아넣을 생각이오)? Though your lord ill appreciates his underling's allegiance, this occasion calls for one to remain mindful of the fortunes of one's own followers(군주에게 충(忠)과 용(勇)의 신념이 통하지 않더라도, 지금은 부하에 대한 효(孝)와 제(悌)에 마음을 다해야 할 터)."

"닥치라고 했지, 등신아!"

위압적으로 계속 말하는 딕의 배에 이번에야말로 혼신의 힘을 다한 주먹을 꽂았다. ―그러나 이번에 느껴진 손맛에 나는 아연실색했다. 물렁물렁한 지방 살에 처박힐 줄로만 알았던 내 주먹에 느껴진 것은 마치 통나무라도 후려친 듯 무겁고 단단한 감촉이었기 때문이다.

"아니―"

내가 넋을 놓은 틈에 딕은 검지와 중지를 나란히 모아 내 왼쪽 어깨를 한 번 찔렀다. 그 순간 무시무시한 통증과 마비감이 좌반신을 휩쓸고 지나가 몸이 뒤로 젖혀진 채 자세가 흐트러졌다. 버티려 했지만 다리가 마음먹은 대로 움직이질 않았다. 결국 바닥에 쓰러져 버린 나를 딕은 싸늘한 벽안으로 내려다보았다.

"Never forget(잊지 말지어다)― A sword with YAIBA without KOKORO's faithfulness is an unworthy vessel(코코로(心, 마음) 없는 야이바(刃, 칼날)는 가치 없는 그릇일진저)."

일어나려고 몸을 뒤틀어도 왼쪽 팔다리는 움직이기는커녕 감각조차 없었다. 이 무슨, 말도 안 되는……. 설마 점혈(點穴)? 어떻게 백인이 그런 비전의 공부를!

혼절하는 나에게 등을 돌리고 딕은 그대로 떠나가려 했다. 이제 와서야 나는 이놈이 걸을 때 발소리를 전혀 내지 않는다는 사실을 깨달았다.

"네, 네놈은…… 대체 뭐하는 놈이냐!"

"I'm a shapeless shadow…… a nameless nobody(소인은 형체 없는 그림자인 까닭에 고할 이름 또한 없소)."

그리고 딕이라는 이름을 쓰던 사내는 마침내 그림자도, 형체도 남기지 않은 채 내 눈앞에서 사라졌다.

◆ 이디스 블랙워터의 경우 : 5

정확히 14시가 되자 록에게서 전화가 왔다.

『—돈 준비는 어떻게 됐지?』

“준비됐다. 문제없어.”

거짓말이다. 지금 내 지갑에 있는 앤드루 잭슨[7]의 머릿수로는 야구팀도 편성할 수 없다. 하지만 이참에 그건 문제가 아니다.

『오케이. 그럼 돈을 넘겨줄 방법을 결정하지. —두 시간 후에 라차다 스트리트의 모텔 ‘마니유니’. 돈은 혼자 들고 와라.』

“상당히 촉박하군.”

『그래. 그러니 네가 수상한 계획을 세울 틈도 없지. —명심하라고. 우릴 함정에 빠뜨리려 했다간 전부 끝장나는 거야.』

그래, 그래야지. 부디 일촉즉발로 격앙할 만큼 펄펄 끓는 상태까지 가달라고.

“트리시아는 그 모텔에 있나?”

『우리가 그렇게 바보인 줄 알아? 아가씨가 있는 곳은 돈을 확인한 다음에 가르쳐 주겠어. 아가씨 목숨은 우리가 쥐고 있다는

---

7) 앤드루 잭슨(Andrew Jackson): 미국의 제7대 대통령. 20달러짜리 지폐에 인쇄된 인물이기도 하다.

걸 잊지 말라고. 내 입에서 교섭 성립 소식이 전달되어야만 아가씨가 풀려날 거다. 안 그러면 가엾은 트리시아 양은 물고기 밥이 되어 사라지지.』

"그래, 알겠다. 그러면 두 시간 후에 보자."

메마른 만족감과 함께 나는 전화를 끊었다.

만사가 내 기대대로 돌아간다. 두 시간 후면 나는 슈트케이스에 지폐 다발이 아닌 총을 넣고 지정한 장소로 갈 것이다. 그리고 록의 뇌수를, 그곳에 담겨 버린 모든 비밀과 함께 두개골 속에서 날려 버리겠지.

과연 이번 건이 록의 독단일지, 아니면 라군 상회가 나서 꾸민 계획일지는 신중하게 간파해야 한다.

더치는 생긴 것과 달리 교활하고 사려 깊은 장사꾼이다. 이런 위험한 일에 기꺼이 뛰어들었으리라는 생각은 들지 않는다. 아마 록은 상사의 의도를 벗어나 다른 무뢰배와 손을 잡았을 것이다. 어쩌면 레비 정도는 엮였을지도 모른다. 록이 돈을 받는 교섭 담당, 레비가 트리시아를 감금하는 감시 담당이라면 나에게는 풀하우스. 록의 부고를 들은 레비는 머리끝까지 화가 치밀어 가차 없이 트리시아를 죽여 버릴 것이다. 그것으로 fin— 나는 박수갈채와 함께 엔딩 롤을 지켜볼 수 있다.

만일 더치까지도 뒤에 버티고 있다면 이때는 조금 성가신 문제가 된다. 아마 감금은 더치가 맡고 레비는 호위로 록을 따라오겠지. 투 핸드와 정면으로 싸운다는 건 솔직히 소름이 끼친다— 그러나 교섭을 기대하고 있는 쪽보다는 처음부터 피를 뿌릴 생각으로 온 쪽에게 선제권이 있음은 당연한 노릇이다. 상당히 높은 공산으로 기습 찬스를 바랄 수 있다. 최악의 경우에도 상대가 격앙하여 트리시아를 죽이도록 꾸민다면 계획은 완료. 관계자 일동의 입막음에는 사후에 다른 수단을 생각할 수도 있다.

거래가 파국에 이르러서도 더치가 거저 끝내지는 않겠다고 각오를 굳힌다면, 그때는 납치의 주도권을 쥐고 직접 오설리번 가문을 흔들어 보려 할지도 모른다. 그때는 트라이어드를 부추겨 보자. 미국인 거물 납치 같은 대사건으로 로아나프라가 주목의 표적이 되려 한다면 챵은 결코 간과하지 않을 터. 수단을 가리지 않고 모든 것을 어둠에 묻어 버리려 하겠지. 바로 그것이야말로 DO가 기대한 '로아나프라의 은폐 효과'다.

카드는 모였고, 전략도 갖추어졌다. '이디스'는 '에다'의 선글라스로 눈을 가렸다.

자, 하이에나 놈들이 모인 악덕의 도시로 나가 보실까.

*　　*　　*

그 싸구려 여인숙에는 간판이 없었다. 애초에 간판에 내걸 상호가 있는지조차 의심스럽다. 전성기 지난 매춘부나 운에 버림받은 도박꾼들이 하룻밤의 비바람을 면할 만한 썰렁한 수입을 얻었을 때 이용하는, 그저 지붕과 벽이 있다는 것만이 장점인 돼지우리다.

내가 그곳을 찾아간 이유는 물론 비참한 패배자들에게 주님의 사랑을 설파하기 위해서가 아니었다. 이곳을 숙소로 삼은 지베르라는 쓰레기 자식의 이름이 나의 뇌리에 감추어진 '긴급 인재 리스트'에 들어 있기 때문이다.

한때는 갱단의 실력 있는 중간 보스와 손을 잡고 번듯하게 행세하던 시절도 있었다지만, 파트너와 사별한 후로는 독립할 실력도, 배짱도, 지혜도 없어 이제는 저급 코카인만을 인생의 벗 삼아 쓰레기나 뒤지고 날치기나 하며 하루의 양식을 얻는 놈이다. 이 도시에는 쓸어다 버릴 만큼 흔해 빠진 구제할 길 없는 중생 중 하나지만 유일하게 주목할 만한 점이라면 라군 상회 멤버, 특히 '투 핸드' 레비에게 깊은 원한을 품고 있다는 거다. 전에 술집에서 취해 늘어놓는 장광설을 언뜻 듣고 스카치 한 잔을 미끼 삼아 상세한 내용을 들은 적이 있다. 설령 당장은 의미가 없는 정보라도 언제 어떻게 도움이 될지 모를 건수는 빈틈없이 기억의 캐비닛에 보존해 두고 볼 일이다— 바로 이번 같은 케이스를 위한 교훈이다.

내가 문을 박차고 들어섰을 때, 지베르는 금단증상이 가경에 들어섰는지 곰팡이 냄새나는 이불을 두른 채 침대 밑에서 부들부들 떨고 있었지만 선물로 들고 온 하얀 가루는 그런 그에게 복음을 가져다주었다. 영혼보다도 한 발 먼저 머리만 천국의 문으로 들어선 지베르는 매우 기분이 좋아져 킬킬 웃으며 NASA와 화성인의 음모에 대해 지리멸렬한 소리를 늘어놓았다. 주여, 긍휼히 여기소서. 이놈의 대가리에 틀어박힌 마귀는 믿음이 겨자씨 한 알만큼만 있으면 산이 옮겨지리라 말씀하셨던 주가 아니고선 몰아낼 수 없나이다.

“이봐, 아저씨, 내 말 듣고 있어? 언제였더라. 라군의 투 핸드에게 복수하겠다고 떠들어 댔던 거 기억해?”

헛소리를 중간에 잘라 버리고 묻자 지베르는 흐리멍덩해진 눈으로 나를 응시했다.

“……어, 응…… 그 빌어먹을 년은…… 우리 형님의 원수……. 언젠가, 꼭…….”

“그거 잘됐네. 그럼 혼을 내주라고. 네게서 형님을 빼앗았듯 이번에는 네가 그 여자의 놈팡이를 빼앗아서 말이야.”

“……투 핸드의? ……넥타이 맨…… 일본인?”

“그래그래, 그놈. 머리 잘 돌아가네, 지베르.”

띄워 주니 씨익 웃는 지베르. 하지만 여전히 그 흐리멍덩한 눈은 내가 어디의 누구인지, 왜 여기 있는지 분명 전혀 모르고 있겠지.

“그놈, 오늘 수지맞는 거래 때문에 현금을 잔뜩 가지고 있을 거라던데. 네가 이런 똥통에서 똥투성이가 되고 있는 동안 그 자식 품에는 거금이 굴러 들어간단 말씀이지. 그게 용서가 돼, 지베르? 내버려 둬도 돼?"

"……그런 건…… 용서, 못해……. 어떻게 용서해, 빌어먹을……."

"그래그래, 그럼 이걸 받으라고."

마약중독자의 표정에 그제야 의지 같은 것의 조짐이— 거무죽죽한 증오의 상이 깃들었을 때, 나는 그의 손에 38구경 스넙노즈 리볼버를 쥐여 주었다. 각인조차 없는 S&W의 열악한 복제품이지만 굶주린 노상강도의 무기로는 더할 나위 없이 잘 어울린다.

"한 시간 후에 놈이 라차다 스트리트의 '마니유니'에 올 거야. 거기서 해치워. 장소는 알지? —아니, 모텔 바로 앞에서 얼쩡거리는 바보짓은 하지 말라고. 어디 보자…… 대각선 맞은편에 있는 노점, 거기 숨어서 기다리면 되겠네. 수상쩍게 보이지 않도록."

"어, 응……."

손에 든 총의 감촉에 어지간히 동했는지 지베르는 두 눈에 기이한 빛을 띠며 황홀한 표정을 지었다. 단 한 자루의 흉기로 자신이 신과 같은 힘을 얻었다는 망상을 머릿속 가득 부풀리고 있을 것이다. 이것이 행복이구나. 이놈에게는 분명 지금이 인생 최고의 순간일 것이다.

"일본인을 죽인 다음에는 놈의 돈을 빼앗아서, 그걸로 더 좋은 총을 사. 크고 우락부락하고 번쩍번쩍하는 걸로 말이야. 그리고 그걸로 이번에는 투 핸드를 죽이면 돼. 너라면 분명 할 수 있어.

잘됐지, 지베르? 이제 인생은 장밋빛이잖아."

"응…… 맞아……. 히히, 고마워…… 누님……."

"OK. 그럼 또 보자고, 지베르. 신의 가호가 함께하기를."

제멋대로 그려 낸 미래의 망상에 도취되어 혼자 웃어젖히는 지베르를 내버려 둔 채 나는 싸구려 여인숙을 나왔다.

물론 나는 지베르가 제대로 된 히트맨 노릇을 하리라 기대하진 않는다. 그 정도로 머리의 나사가 풀린 마약중독자는 당황하다 자기 발을 쏴버려도 이상하지 않다. 록은 당초 예정대로 내가 직접 해치울 것이다. 그리고 가엾은 지베르의 주검도 그 옆에 같이 눕게 되겠지.

그저 록만 죽이기 위해서라면 필요도 없을 지베르라는 체스 피스를 굳이 보드 위에 배치한 이유는, 오히려 사후 처리를 원활하게 만들기 위해서였다. 그 여피 출신 해적은 어쩌다 보니 로아나프라에서 나름 주목을 받고 있다. 죽으면 하룻밤의 화제 정도는 될 테고, 그의 죽음에 불가사의한 점이 있다면 쓸데없는 놈들이 의심을 품기 시작할지도 모른다. 그런 면에서 후각이 하이에나만큼 예리한 정보꾼이라면 짐작 가는 것만도 몇 사람이나 된다.

그러나 그런 난감한 호기심도 원한을 품은 마약중독자의 시체를 하나 굴려 놓기만 하면 단숨에 가라앉힐 수 있다. 물론 마무리에는 나름 조정이 필요하겠지만 사전 공작은 이 정도면 된다. 애드리브가 중요해지는 작전에서는 사전 준비를 너무 빡빡하게 다져 놨다간 예측하지 못한 사태에 대처하기가 힘들다.

자, 모텔에서 있을 거래까지 앞으로 한 시간. 짧은 여유지만 그저 헛되이 보내기도 아깝다. 지금이라면 '옐로우 플래그'에 들러서 바오를 떠보는 것도 좋은 방법이다. 그 주점은 평소 록을 포함한 라군 상회 멤버들이 모이는 곳이다. 어쩌면 더 원활하게 계획을 추진하는 데에 유용한 건수가 굴러다니고 있을지도 모른다.

그리고 평소의 겸허한 기도 덕인지 바오네 가게의 스윙 도어를 밀고 들어간 순간, 나는 절호의 행운과 맞닥뜨렸다.

아직 해가 높아 손님도 드문드문한 가게 안에서, 바로 문제의 록 본인이 카운터에서 혼자 술을 마시고 있었던 것이다. 약속한 오후 4시까지, 남은 시간을 이곳에서 때우려던 것이리라. 초짜라고는 하지만 정말 한심할 정도로 계획성이 없다. 중요한 거래를 앞두고 무방비하게 몸을 드러내다니— 이를테면 여기서 '납치범'에게 끌려간 트리시아가 있는 곳을 불게 될지도 모른다는, 그런 위험한 예상도 못하는 걸까.

물론 나는 더욱 단순하게 상황을 진행해 나갈 생각이었으므로 록의 방심이 기뻤다. 무엇보다도 레비를 동반하지 않았다는 것이 낭보였다. 그렇다고 해서 바오나 다른 손님의 눈이 있는 만큼 이 자리에서 쏴 죽일 수는 없지만— 만약 거래 장소인 모텔에서 레비와 합류할 계획이라면 그 전에 냉큼 해치우는 것도 좋다. 가게

안은 피한다 쳐도, 밖으로 나간 후 인적 뜸한 뒷골목으로 끌고 들어가면 어떻게든 할 수 있다.

어쨌든 최종 판단은 좀 더 상황을 가늠한 다음에 내려도 된다. 나는 평소 트고 지내는 사이임을 이용해 뻔뻔하게 록의 옆자리 스툴에 엉덩이를 걸치고 태연한 표정으로 말을 걸었다.

"여어, 록! 이런 대낮부터 혼자 술판이라니, 아주 팔자 늘어졌네."

"에다…… 당신이야말로 웬일이야?"

"프라이야찻 영감네 가게에 심부름 갔다가 돌아오는 길이야. 가끔은 일을 쉬면서 주를 생각하는 시간도 필요하고 말이지."

내 헛소리에 맞장구를 치지도 않고 록은 그저 애매한 쓴웃음을 지을 뿐이었다. 누가 봐도 마음이 다른 곳에 가 있는 꼴이었다. 필경 30분 후에 들어올 30만 달러 생각으로 머리가 가득하겠지.

"근데 주문은?"

바텐더 주제에 무뚝뚝하게 물어보는 바오에게 나는 록의 잔을 가리키며 같은 것을 주문했다.

그런데— 평소 자주 마시던 바카디가 아닐까 생각했더니, 바오가 건네준 것은 151프루프 병이었다. 이 초식남이 얼굴에 안 어울리게 상당한 술고래라는 건 알았지만 이 선택에는 어이가 없었다.

"어이쿠야, 아직 해도 높은데 엄청난 걸 마시고 있구먼."

"기운 좀 북돋우려고 말이지. 이런 거라도 마셔서 배짱을 키워

놓지 않고선 못해 먹을 상황이라서."

알코올 도수 75도 이상의 독주는 분명 록의 내면에 있는 무언가를 활활 태워 주고 있는 모양이었다. 그 조용한 눈빛이 평소와는 다른 열기를 띠었다. 하지만 전장에라도 나간다면 모를까, 교섭 자리에 나갈 때는 오히려 머리를 차갑게 식혀야 할 텐데. 이 자가 그 정도도 모르는 바보였던가?

…….

무시할 수 없는 위화감에 나는 다시 자문했다. 록이 그렇게까지 바보였던가?

"뭔데? 무슨 큰 승부라도 벌이러 나가는 거야?"

장난치는 어조를 가장해 나는 더 깊이 파고들어 보았다. 록이 주의를 기울였다면 나를 수상쩍게 여기더라도 할 말이 없는 상황이었지만, 그는 별로 신경 쓰는 기색도 없이 맞다며 어깨를 으쓱하고 말을 이었다.

"이번 도박은 좀, 운에 의존하는 면이 너무 커서. 오기 부리지 않고 포기하는 게 현명한 판단이겠지만…… 아니, 옛날 나 같으면 틀림없이 그랬겠지만."

"……."

"그럼, 이렇게 말 걸어 줬는데 미안하지만 난 그만 가야겠어."

"그래, 신경 쓰지 마."

손목시계 바늘을 확인하고 자리를 뜨는 록에게 나는 대충 손을 흔들어 대답했다. 시각은 3시 45분……. 전화로 지정한 거래 시간의 정확히 15분 전이었다.

가게를 나가는 록의 등을 지켜본 나는 손에 든 잔을 단숨에 비우고 카운터에 내려놓았다. 타는 듯한 고순도 알코올이 위장 밑바닥으로 달려가는 감촉. 그 자극은 나의 사고력을 빼앗지 않고 오히려 본능적인 직감과 영감을 가속시켜 주었다.

"뭐야, 겨우 한 잔 마시고 가나?"

자리를 뜨는 나에게 재미없다는 투로 말하는 바오.

"과음하면 수녀님한테 들키거든. 밤에 또 오든가 할게."

적당히 맞장구를 치며 등을 돌린 바오는 금세 나에 대한 관심을 잃은 듯했다. 다행이다. 재빨리 가게를 나가는 내 표정에서 조바심을 읽어 내지 않았을까 걱정할 필요는 없다.

록이 이동에 들인 시간은 15분— 아마 걸어가기에 가장 적합한 차르쿠완 시장을 지나 라차다 스트리트로 나가는 루트를 선택했겠지.

그러나 사실 뒷골목으로 서둘러 뛰어가면 라차다 스트리트까지 10분도 걸리지 않는다. 이리저리 뒤얽혀서 성가신 데다 무슨 위험이 도사리고 있을지 모르는 뒷골목을 쓰는 만큼, 단순한 지름길이라는 이유만으로 이쪽을 선택하는 것은 어지간히 급박한 사정이 있는 사람뿐이다. 이를테면 지금 나처럼.

대로를 벗어나 좁고 어두운 뒷골목으로 발을 들이자마자 나는 수녀복을 벗어 던졌다. 안에 사복인 탱크톱과 핫팬츠를 껴입는 이유는 이럴 때를 위해서다. 선글라스도 벗었다. 에다니 이디스니 가릴 때가 아니었다. 변장으로는 불충분하지만 이것만으로도 언뜻 본 순간의 인상은 크게 배신할 수 있다.

거추장스러운 수녀복에서 해방되어 움직이기 편해진 나는 쏜살같이 달렸다.

성인의 고행 중에는 이루 헤아릴 수 없는 것들도 있다지만, 아무리 주라 해도 사도에게 75.5도의 럼주를 원샷한 다음 전력 질주를 시키는 시련을 내리시진 않으리라. 설령 신앙을 시험받는 중이라 해도 사양하고픈 어리석은 짓이었으나, 슬프게도 지금 나는 직무상의 필요에 시달리고 있었다.

그렇게까지 서두르는 이유에 대해 명확한 설명은 불가능했다. 그러나 어떤 논리보다도 우선시해야 할 첩보원의 직감이 나를 몰아세우고 있었다.

굳이 말하자면, 그렇다— 주점에서 록이 말했던, 별생각 없었던 한마디.

'—이번 도박은 좀, 운에 의존하는 면이 너무 커서—'

몸값을 노린 유괴만큼 '도박'과 거리가 먼 계획은 없다. 온갖 불확정 요소를 배제하고 확실한 안전책을 몇 겹으로 강구해 놓은 다음 실행에 옮겨야 하는 것이 납치라는 범죄다. 운에 의존한다면 처음부터 성공의 가망을 내팽개친 것과 마찬가지다.

그렇다면 녀석이 두려워하는 '불운'은 뭘까? 그리고 녀석이 기대하는 '행운'은 뭘까?

아니면 설마 그는— 내가 생각한 것과는 완전히 다른 '승부'에 자신을 걸었던 걸까.

격렬한 운동 때문에 단숨에 취기가 돌아 맹렬한 현기증이 엄습했다. 그저 한발 먼저 매복할 생각이라면 이렇게까지 필사적으로 뛸 필요는 없다. 좀 더 침착하게, 컨디션을 조절해 맞서 싸우는 편이 훨씬 낫다. 그러나— 그래서는 부족하다고 나의 감이 말하고 있다. 록이 라차다 스트리트에 도착하기 전에 하다못해 한 수, 어떻게든 한 수의 책략을 더 강구할 필요가 있었다.

인생을 좌지우지할 큰 승부를 앞두고 자신의 뇌세포에 독주의 알코올을 퍼부었던 록. 녀석은 명민한 사고력보다 오히려 공포를 마비시킬 고양감을, 사지에 발을 들이기 위한 뚱배짱을 필요로 했다. 평온하고 무사하게 거래가 끝나리라 기대했다면 설명이 되지 않는 행동이다.

록은 습격을 예상하고 있다. 하지만 그렇다면 왜 레비를 곁에 두지 않았지? 무력이 필요하리란 사실을 잘 안다면 무슨 수를 써서라도 투 핸드로 방비를 다져 두어야 마땅하지 않은가. 파수견 노릇에는 일류인 여자다. 그 여자가 옆에서 눈에 힘만 주고 있으면 누구든 함부로 손을 댈 수는 없다.

하지만 그렇다 해도 굳이 레비의 부재를 설명할 만한 가설이 있다면, 단 한 가지…… 오히려 습격당하는 것이야말로 목적일 경우가 있다.

겨우 라차다 스트리트에 도착했다. 이목을 끌지 않도록 걸음을 늦추며 시계를 확인한다. 3시 53분. 록의 모습은 보이지 않는다.

지베르는 지시한 대로 노점에 대기하고 있었다. 자릿값으로 지불해 놓은 꼬치구이에는 손도 대지 않은 채 가만히 '마니유니'의 문에 시선을 고정한 채 무언가를 중얼거린다. 노점 주인은 돈을 낸 시점에서 지베르에 대한 관심을 잃었는지 손님의 수상쩍은 행동에도 아랑곳 않고 음식을 준비하는 데만 몰두했다.

지베르는 나를 알아보지 못했다. 눈앞에 서 있어도 당장은 내가 온 줄 모를 것이다. 기회는 한순간. 취기가 돌아 구역질을 참는 것이 고작인 지금, 이 손이 나의 주특기인 마술을 제대로 부릴 수 있을지 불안은 있다. 하지만 망설일 시간은 없다.

모텔을 노려보는 데 전념해 자신의 주위에 신경을 쓰지 못하는 지베르에게 접근하기란 쉬웠다. 그대로 어깨를 두드릴 수 있을 만한 거리까지 다가가고, 또한 통행인의 흐름에 섞여 발을 멈추지 않은 채 놈의 코앞을 스쳐 지나가며— 재빨리 한 손으로 일을 마쳤다. 노점 주인도, 다른 통행인도, 그리고 당사자인 지베르 본인조차도 누구 하나 내 행동을 알아차리지 못했다. 아주 좋아.

나는 즉시 다른 뒷골목으로 들어가 발을 멈추고는, 그제야 벽에 등을 기대며 한숨을 내쉬었다. 핏속을 활보하는 가증스러운 알코올은 오한과 현기증을 유발해 내 머리를 더욱 엉망진창으로 만들었다. 그러나 지금은 눈을 감고 쉴 수 없다. 문제는 지금부터다.

원래 계획이라면 우선 노점에 있는 지베르에게 말을 걸어 잘

구워삶은 다음 모텔 안을 뒤지게 할 예정이었다. 만약 무언가 함정이 있는 것 같다면 총알받이로 쓰고, 그렇지 않다면 먼저 지베르를 실내에서 시체로 만든 다음 나중에 들어온 록도 해치워 참극의 현장을 꾸미려 했다.

여기까지 생각해 두었던 작전을 주저 없이 버리고 대안으로 바꾼 것이다. 마지막 순간에 싹튼 록의 의도에 대한 의구심이 나의 등을 떠밀었다.

우선 대로에서 지베르가 공격하도록 놔둔 다음, 나는 이곳에서 결과를 지켜볼 것이다. 저 약물 중독자가 재수 좋게 록을 해치울 확률은 50퍼센트도 안 되겠지. 하지만 애초에 기대도 하지 않았다. 지베르의 탄환이 맞든 빗나가든 그 총성 다음에 내가 움직인다. 우선 록이 무사하다면 첫 번째 탄환으로 그를, 다음에는 지베르를 재빨리 연사로 해치운다.

록과 안면이 있는 내가 그를 습격한 악당을 우연히 발견해 다짜고짜 사살한들, 이 도시에서 이를 희한한 일이라 생각하는 사람은 없다. 물론 내 탄환이 록을 꿰뚫는 건 큰 문제지만 눈먼 탄환이었다고 우기면 궁색하나마 변명은 된다.

악수(惡手)도 이만저만한 악수가 없다 싶은 최악의 플랜이다. 외줄타기를 해도 유분수지. 하지만 그래도 나는 절대로 처음에 총을 쏘고 싶지 않았다.

지베르는 총을 제대로 조준하기는커녕 손이 흔들려 자기 다리를 쏘고도 남는다. 그래도 상관없다. 그저 무탈하게 실패할 뿐이라면 그때는 결과에 말을 맞추면 그만이다.

하지만 만약 록이 습격을 예상했다면? 그러기 위한 방호 대책을 강구해 두었다면?

시곗바늘이 4시를 가리켰다. 그러나 아직 록은 나타나지 않았다. 빠르게 뛰는 심장이 메트로놈처럼 착착 경과 시간을 헤아려 준다. 조바심을 내면서도 그저 골목에서 거리를 지켜볼 수밖에 없는 나는 생각하고 싶지도 않은 억측에 머리를 굴려야만 했다.

만약, 가령— 누가 록을 습격할지, 그것을 가늠하는 것이야말로 그의 목적이었다면— 록은 거래를 망치고 트리시아를 위기에 빠뜨릴 목적으로 움직일 사람이 있다고 확신했다는 뜻이 된다.

어떻게 그런 추측을 할 수 있었을까? 녀석은 '위저드'에게 무슨 말을 들었지?

그렇다. 애초에 내가 '위저드'의 의도를 근본적으로 오해했다면?

그 배신자가 록에게 트리시아를 5만 달러에 팔아 치우려 했을 경우, 그녀라는 '상품'이 CIA라는 '도둑'에게서 흘러든 '장물'임을 감추어 둘 필요가 있었을 터— 그러나 그런 거래가 성립된 사실조차 없었다고 한다면?

가장 끔찍하고 어이없는 전개가 벌어져, '위저드'가 트리시아에게 정이 드는 바람에 우리를 배신했다고 가정한다면— 그래서 산칸 팰리스 호텔에서 합류한 라군 상회에 도움을 청했고— 적이 CIA라고 폭로했고— 아니, 그다음이 이어지질 않는다. 트리시아를 보호할 목적이라면 이미 로아나프라 최고의 운반책 집단에게 몸을 의탁한 시점에서 충분히 이루었을 것이다. 라군의 쾌속정이 해로를 타고 트리시아를 안전권까지 피신시키면 그것으로 폐막이다.

그런데 록은 로아나프라에 있다. 어두운 골목길에서 등에 총을 맞을 위험을 무릅쓰면서까지, 곧 나타날 '트리시아의 적'을 밝혀내려 한다. 어째서?

고약한 취기에 시달리는 뇌로 하염없이 의구심을 몰아붙여 가며 팽팽해진 긴장감을 유지하기란 어떤 의미에서는 무한히 끝나지 않는 고문이나 마찬가지였다. 이럴 때 나도 모르게 굳게 쥔 것이 품속의 로사리오가 아니라 글록의 개머리판이라는 점에서 내 신앙이 얼마나 얄팍한지를 알 수 있다.

라차다 스트리트의 소란 속으로 매우 분위기에 맞지 않는 와이셔츠 차림의 사내가 나타난 것은 그때였다.

록은 여전히 혼자였다. 주위를 경계하는 기색도, 시간에 늦어 당황하는 기색도 없다. 그저 담담히, 산책이라도 하는 듯한 걸음걸이로 거리 한복판을 지난다.

노점의 지베르가 일어났다. 핏기가 가신 약물 중독자의 얼굴이 흥분과 희열로 생기를 되찾고 있다. 지금 막 세계의 중심에 서 있으리라는 확신을 담고 지베르는 거리로 뛰어나가 손에 든 총으로 록의 등을 노리고—

그리고 먼 곳에서 들린 총성이 오후의 햇살 속에 울려 퍼졌다.

누구 하나 비명을 지르지도, 혼란에 빠지지도 않은 채 통행인들은 거미 새끼를 풀어놓은 것처럼 거리 좌우로 몸을 숨겼다. 고작해야 한 발의 총성쯤, 로아나프라 주민들이라면 주의는 할지언정 놀라지는 않는다. 그 정도는 일상다반사인 이곳은 지옥에 가장 가까운 옆 동네였다.

그 총성의 의미를 올바르게 이해하고 피가 얼어붙는 심정을 맛본 사람은 단 하나, 남몰래 뒷골목에 몸을 숨기고 있던 나뿐이었을 것이다.

갑자기 시야가 탁 트인 라차다 스트리트 한복판에 지베르의 주검이 걸레짝처럼 쓰러져 있었다. 먼 곳에서 저격수가 쏜 총탄은 뒷머리를 꿰뚫고 이마로 빠져나갔는지 코 위쪽은 원형도 알아보지 못할 만큼 파괴되어 인상을 확인할 방법도 없었다.

대체 누가 누구를 쏘았는지, 제2, 제3의 총탄이 날아들진 않을지 상황을 파악하지 못해 아무도 나서려 하지 않는 가운데, 겁먹은 기색도 없이 제일 먼저 시체에 다가간 것은 록이었다. 그 침착함은 그만이 사태의 전모를 파악하고 있음을 뜻했다.

록은 재빨리 지베르의 소지품을 뒤져 동전이며 열쇠며 코카인 봉투 같은 잡동사니를 내팽개치더니, 마지막으로 버뮤다팬츠 뒷주머니에서 원하던 성과물을 발견했다.

만일 지베르의 주검이 말을 할 수 있다면, 그런 물건은 기억도 나지 않는다고 이의를 제기했으리라. 저 약물 중독자는 내가 스쳐 지나갈 때 주머니에 집어넣었던 핸드폰의 존재를 끝까지 알아차리지 못했다. 내가 '위저드'나 록과 응답할 때 썼던, 보이스 체인저 기능이 있는 특별 주문품. 록은 그 자리에서 통화 내역을 띄워 자신의 핸드폰과 비교해 보고 있었다. 이로써 말 못하는 지베르의 주검에는 새로운 이력이 덧붙게 되었다. ―트리시아 오설리번 유괴범, 혹은 CIA의 로아나프라 상주 공작원.

만일 당초 예정처럼 이 방법으로 록을 해치려 했다면 내가 그 명패를 건 채 길거리의 주검이 되었겠지.

록은 무언가 석연찮은 듯 입을 다물고 있다가 전리품인 핸드폰을 손에 든 채 지베르의 시체에 등을 돌리고 아무 일도 없었다는 듯 재빠르게 떠나갔다. 그의 등을 지켜보며 골목에 몸을 숨긴 나는 얼어붙은 것처럼 움직이지 못했다.

'위저드'가 록에게 팔아 치운 상품이 무엇이었는지, 지금이라면 알 수 있다. 애초에 트리시아 따위는 거래 테이블에도 올라가지 않았을 것이다.

이 도시에 CIA의 공작원이 잠복하고 있다는 사실. 그리고 잘만 하면 소굴에서 기어 나오지 않을까 기대할 수 있을 법한 상황―그것이 라군 상회의 손에 들어간 것 전부였다. 그리고 그 고집불통들은 해적에서 어부로 사고 구조를 바꾸었다. 조금 유별난 사냥감이기는 하지만, 그런 만큼 재수 좋게 낚여만 준다면 사들일 사람을 찾기란 어렵지 않다. 트라이어드의 챵 와이산은 로아나프라가 국제적인 모략에 이용되는 꼴을 좋게 보지 않을 테고, 호텔 모스크바의 발랄라이카라면 미국의 주구라는 것만으로도 철천지원수 취급한다. 나의 목은 사냥하기만 하면 그것만으로도 상품이 된다.

나는 함정을 파려다 함정에 빠져 있었다. 사냥을 할 생각이었지만 사냥당하고 있었다.

그렇다. 이것이 로아나프라라는 도시다. DO의 대릴이 기대했던 것 같은 안온한 어둠이 절대 아니다. 이곳은 사람을 납치해 서커스를 시키는 곳이다. 연기자와 관객의 구분이 없으며, 발을 들인 자는 모두 예외 없이 죽음의 춤을 추게 만드는, 악몽과도 같은 서커스 텐트다.

'페르세포네 작전'은 완벽한 실패로 끝났다. 직접 요인은 에이전트의 배임 때문이지만 그러한 예측불허의 사태에조차 대처하는 것이 나의 역할인 이상 분명 실패의 책임을 묻게 되겠지.

그러나 그렇다 해도 내 마음속에 낙담은 없었다. 오히려 당장이라도 토하고 싶어지는 취기에 시달리면서, 지금 당장 바오네 가게로 돌아가 축배를 들고 싶은 기분이었다.

뭐니 뭐니 해도 나는 목숨을 건진 것이다. 이보다 더 큰 성과가 또 있을까.

◆ 발랄라이카의 경우 : 2

"……작전 완료. 수고했다."

습격자의 소지품을 조사한 록이 뒷골목에서 멀어져 가는 모습을 쌍안경으로 지켜본 후, 나는 멋지게 역할을 완수한 나의 '뷔소트니키(유격대)' 멤버에게 철수를 명령했다.

옐로우 플래그에서 라차다 스트리트에 이르는 경로를 완전히 추적하기 위해 내가 배치한 저격조는 넷. 그중에서도 제일 핵심이라 여겼던 포인트에 동반한 나는 록의 짧고도 위험한 행보를 모두 빠짐없이 지켜볼 수 있었다.

이 정도 임무는 딱히 내가 직접 진두지휘를 할 필요도 없다. 그러나 굳이 부겐빌리아 무역의 사무실에서 나올 마음이 들었던 것은— 결국 나는 이러쿵저러쿵해도 '게임'에는 분별을 잃어버린다는 뜻이 아닐지.

록에게 약속한 대로 이번에는 어디까지나 '일'이라는 의식은 없애고 착수했다. 그가 경종을 울렸던 CIA의 음모론에 대해서도, 새싹일 때 뽑아 버리는 일을 태만히 하였다가 나중에 어떤 화근이 생기든 그건 그거라는 달관으로 간과할 각오를 다져 놓았다.

놈들의 작전을 예상치 못한 방향으로 뒤틀어 놓으면 CIA는 반드시 록을 배제하려 든다— 이를 간파한 데에는 합격점을 줄 수 있다. 실제로 습격자가 나타났으며, 우리의 드라구노프는 놈의 머리를 터뜨려 버렸다. 그러나 라차다 스트리트에서 목숨을 잃은 사내가 진짜 CIA의 공작원이었다면 그는 록 같은 초짜의 의도조차 읽어 내지 못했던 이류라는 뜻이다. 그 정도 잡벌레는 내버려 두었어도 별 위협이 되지 못했으리라.

실제로 나는 최후의 최후까지 저격수에게 발포를 명령해야 할지 어떨지 결정을 끌고 있었다. 고민했던 것은 아니다. 그러나 심술궂은 가학심으로 결심해 주지 않고 놔두었던 것이다. 대신 지켜보았다. 록의 표정을, 그의 걸음을. 자신을 미끼 삼아 교전 구역을 횡단하는 그의 각오가 어느 정도인지를 한껏 감상했다.

아아, 정말― 참으로 유쾌한 아가 같으니.

등을 후벼 팔 탄환의 감촉을 예감하며, 떨리는 다리를 억지로 밀어내며, 그래도 그는 걸음을 멈추지 않았다. 비장했으며, 우스꽝스러웠으며, 어떤 의미에서는 감동적일 만큼― 그야말로 최고의 구경거리였다.

놈은 자신이 마련한 무대에서, 위험하기 그지없는 최고의 구경거리를, 스스로 광대가 되어 멋지게 연출해 낸 것이다. 물론 아직 챵 같은 일류 배우는 되지 못한다. 그러나 여기서 퇴장시키기도 아쉽다. 적어도 다음 무대, 다음 공연에 기대를 걸어 볼 만은 했다.

우리 '뷔소트니키'의 총이 불을 뿜은 것은, 말하자면 오늘이라는 무대에 대한 박수갈채였다. 꽃다발 대신 총탄으로 나는 그의 목숨을 살려 주었다. 나도, 챵도 아직 저 장난감에는 싫증이 나지 않았다. 망가뜨리기는 아깝다. 한동안은 살려 두어 우리를 즐겁게 만들도록 해야지.

언젠가 죽음의 계곡을 걸을 때에도 좀 더 늠름하게 등을 펴고, 당당한 걸음으로 스텝을 밟을 수 있게 된다면— 그때는 다시 나를 유혹하러 오렴, 록. 어떤 말로 접근할지에 따라서는 너와 춤을 출 수도 있으니.

◆ 어느 마술사의 경우 : 4

"―나 원, 이 멍청이들하고도 드디어 연을 끊을 수 있겠네."

라군 상회의 도크에 남아 있는 것은 나와 트리시아 외에는 레비뿐이었다. 우선 록이 아침 일찍 외출했고, 나머지 두 사람도 일찌감치 쾌속정을 몰아 항구를 떠났다. 그들의 언질을 믿는다면 모두 나와의 계약을 수행하기 위해서다.

"곧 챵 나리가 직접 너를 데리러 올 거야. 푸젠 놈들이 이제야 도리가 뭔지를 겨우 깨달았다나 봐. 시댁에 바보들만 있는 게 아니라 다행이지. 안 그러냐?"

그랬군. 조금 전의 전화 상대는 챵 와이산이었어. 어쩐지 응대하던 레비의 어조가 어딘가 얌전하게 들리더라니.

"잠깐만, 그게…… 무슨 뜻이야?"

창백해진 얼굴로 묻는 트리시아에게 레비는 이를 드러내며 한껏 심술궂은 웃음을 건넸다.

"넌 드디어 부모 곁으로 강제 송환되는 거라고. 덕분에 이 동네도 티스푼 하나 정도는 평화로워지겠어. 축하할 일이지."

"거절하겠어. 누가 당신 말을 들을 줄 알고."

트리시아는 단호하게 말하고 홱 고개를 돌렸다. 성질이 급하고 감정을 숨길 줄 모르는 투 핸드라면 이 건방진 반응에 분노를 드러내지 않을까 생각했지만— 그렇지 않았다. 그녀는 목소리를 높이지도, 눈썹을 곤두세우지도 않고 그저 조용히 몸을 내밀어 트리시아의 멱살을 잡더니 가면처럼 무표정하게 말하기 시작했다.

"야, 계집애, 한 가지만 가르쳐 줄게. 인생이란 건 자기 게 아니야. 그걸 빼앗아 간 누군가의 것이지. 그게 싫으면 네가 제일 먼저 네 인생을 붙잡을 수밖에 없어. '자신'을 쟁취한 놈만이 삶을 원하는 대로 결정할 수 있는 거라고. 그게 안 되는 것들을 '애송이'라고 불러. 무슨 말인지 알겠어, 아가씨? 네 얘기야."

"……."

트리시아도 할 말을 잃을 만큼 레비의 말은 무거웠으며, 무게를 짐작할 수 없는 위압감으로 가득했다.

"이 세상 어딘가에는 돈이나 연줄이나 직함으로 '자신'을 쟁취할 수 있는 곳도 존재하겠지. 하지만 이 동네는 달라. 허리춤에 그럴싸한 무기를 차고, 그걸 구사할 기술과 배짱을 가진 놈만이 남들에게 'NO'라고 말할 수 있는 거야. 그러니까 맨몸으로 어슬렁어슬렁 온 넌 그냥 인형이지. 남의 소꿉장난에 놀아나기만 하는 인형이라고."

"난……."

되받아칠 수 없어 분했는지 트리시아의 눈에 눈물이 고였다. 그러나 레비는 소녀를 괴롭히는 것이 아니다. 가감 없는 진실을 눈앞에 들이대 주는 것 또한 그녀의 다정함이다. 그렇지 않았다면 굳이 말을 섞을 것도 없이 트리시아를 후려쳐 입을 막아 버리지 않았겠는가.

그렇다. 레비는 옳다. 옳지만, 그렇기에 너무나도 슬프다. 비정하기 그지없는 이 도시의 법칙에 인간의 의지로 대항할 방법이 있다고 한다면, 그것은—

내가 뽑아 든 '엘레지'의 총구를 레비는 신기한 벌레라도 대하는 양 복잡한 표정으로 바라보았다.

"……뭐하는 짓이냐, 지골로."

"너의 설법에 감화되었지. 그러니 내가 이 아가씨의 인생을 빼앗겠어."

"로튼, 당신……!"

트리시아가 환희와 감격으로 눈을 빛냈다. 그러나 그런 웃음도 찰나. 소녀는 즉시 이 자리의 싸늘한 분위기에 전율하며 나에게 매달렸다.

"아, 안 돼, 로튼. 이 여자는 진심으로 당신을 죽이려고 해! 이 인간은 당신처럼 다정한 사람이 아니야!"

아수라장의 직감을 갈고닦는 수련과는 무관했을 트리시아조차 명확하게 알아차릴 수 있을 만큼 레비가 뿜어내는 살기는 처절하고 압도적이었다. 그야말로 세워 놓은 격철과 마찬가지. 로아나프라에서 가장 흉악하다고 일컬어지는 건슬링어의 진가가 드러났다.

나는— 이미 총을 뽑아 겨누고 있다. 그럼에도 지금 이 자리에서 열세에 빠진 쪽은 나였다. 나는 살의의 텐션을 비등점까지 끌어올리지 못했다. 여기서 상대의 살해를 결단하고 그 의지를 방아쇠에 실어 검지에 전달하기까지의 1초도 안 되는 시간, 겨우 그 정도 간극이라 해도 지금의 레비가 형세를 뒤집기에는 충분했다. 분명 그녀는 전광석화 같은 속도로 품에서 애총을 뽑으면서 한 치의 망설임도 없이 쏘겠지.

"야, 로튼! 설마 너, 그 장난 같지도 않은 취미에 내가 같이 어울려 줄 거라고— 날 그렇게까지 우습게 보고 있는 건 아니겠지."

소파에 편히 앉아 온몸에서 힘을 뺀 채 느긋하게 그렇게 말하는 레비. 그러나 그 목소리는 사신의 숨결을 연상케 할 만큼 싸늘하게 얼어붙어 있었다.

"네게 어설픈 기대를 품은 적은 없다. ……그러나 장난 같지도 않은 취미라는 말은 마음이 아프군."

나는 변덕과 장난으로 총을 뽑은 적은 결코 없다. 그저, 도저히 간과할 수 없는 눈물이 있었고, 탄식이 있었다. 그런 슬프기 그지없는 운명이 이 도시에는 지나치게 많다— 단순히 그뿐이었다.

"아니면 뭔데? 아직도 모르겠냐? 이번 사태는 이미 챵 나리 손에 넘어갔어. 쓸데없이 찬물을 끼얹는다면 그건 트라이어드에게 싸움을 거는 거나 마찬가지라고."

"누가 상대여도 상관없다. 이것은 나의 신념 문제니."

레비는 탄식인지 비웃음인지 모를 표정으로 콧방귀를 뀌더니 더욱 싸늘해진 목소리로 말을 이었다.

"오케이, 그럼 질문을 바꾸겠어. ―넌 그 애송이를 데리고 이 건물을 무사히 나갈 수 있을 거라고, 정말 그렇게 생각해?"

"……."

이번 질문에는 아무리 나라 해도 대답이 궁색해질 수밖에 없었다. 그러나 그런 나를 대신해 의연한 태도로 대답한 것은, 예상치도 못했던 트리시아였다.

"당연하지. 나와 로튼은 누구에게도 방해받지 않고 여길 나갈 거야. 당신이 바보가 아니라면."

그렇게 말하며 그녀는 나와 레비 사이에 끼어들더니― 놀랍게도 'Elegy'의 총신을 잡고 자신의 심장에 가져다 댔다.

"야, 애송이, 너 지금 무슨―"

"로튼, 저 여자가 방해하려 들면 망설이지 말고 나를 쏴줘. 그러면 우리가 이기는 거야. 이자들은 나를 사로잡지 않고선 의미가 없으니까."

꽉 억누른 조용한 목소리와 흔들림 없는 눈빛이 무엇보다도 큰 웅변으로 트리시아의 본심을 말해 주었다. 나만이 아니라 레비까지도 놀라 숨을 멈추었다.

"그렇게 해줘, 로튼. 나를 빼앗아 줘. 중국인 따위에게 넘겨주진 않겠어. 하지만 당신에게라면 줄 수 있어. 나의 미래도, 나의 영혼도 전부 당신이 가져가 줘."

"트리시아……."

"당신과 떨어지느니 차라리 죽는 게 나아. 그러니 그때는 당신 손으로 목숨을 빼앗아 줘. 부탁이야."

'엘레지'를 쥔 트리시아의 손이 떨리고 있었다. 그녀는 지금 온 용기를 쥐어짜 내 나의 싸늘한 총을 애처로운 생명으로 끌어안고 있다. 나의 카르마는 그야말로 죄악이구나……. 이렇게 갸륵한 소녀까지 끌어들이지 않고서는 직성이 풀리지 않는다는 것인가.

그녀에게 총을 들이댄 오른손의 죄를 하다못해 왼손이 조금이라도 속죄할 수는 없을까 생각하며, 나는 부드럽게 그녀를 끌어안았다.

"……길을 열어 주겠나, 투 핸드."

"같이 못 놀아 주겠다, 빌어 처먹을."

레비는 자못 진저리가 난 것처럼 고개를 가로저으며 두 손을 들었다. 필요 이상으로 가시 돋친 어조는— 어쩌면 나와 트리시아의 유대를 보고 마음이 움직였음을 드러내지 않으려는 그녀 나름의 방어기제가 아닐까.

"야, 아까 챵 나리는 차 안에서 전화를 하고 있었어. 트라이어드는 벌써 이쪽으로 오는 중이라고. 슬슬 항구에 도착할 무렵일걸. 지금 당장 나가 봤자 도망칠 방법은 없어."

"길은 이 손으로 열겠다. 우리 두 사람의 손으로."

내가 딱 잘라 선언하자 트리시아는 기뻐하며 몸을 기댔다. 잔혹한 운명의 신이 관장하는 도박에서 일부러 나에게 모든 칩을 쏟아부은 소녀. 그런 그녀의 신뢰를 어떻게 배신할 수 있겠는가.

경계를 풀지 않고 뒤로 물러나며 신중하게 입구로 향하는 나와 트리시아. 겨우 도달한 문손잡이에 손을 댔지만 레비는 꼼짝할 기색을 보이지 않았다. 아무래도 제1관문은 넘어설 수 있을 것 같았다.

"작별이다, 투 핸드. 이제 두 번 다시 만날 일은 없겠지."

"……장난이 아니라 정말 그랬으면 좋겠다. 아니, 진짜로."

마지막까지 말에서 밀리지 않으려 하는 여자다. 나는 작별 선물 대신 쓴웃음과 함께 윙크를 남기고 트리시아와 함께 도크를 나갔다.

때마침 하늘은 우리 두 사람의 앞길을 암시하는 것처럼 갑작스러운 스콜이 맹위를 떨치고 있었다. 얼굴에 격렬한 빗줄기를 맞으며 신음한 트리시아가 이내 흠칫 숨을 멈추더니 항구 바깥쪽을 가리켰다.

"로튼, 저기……."

비의 장막 너머, 항만 구역으로 통하는 도로를 따라 쑥쑥 다가오는 일련의 차량 행렬 헤드라이트. ―레비의 경고를 악랄한 블러프라 지레짐작하고 싶었던 기대도 이로써 이슬처럼 사라졌다. 셰익스피어 시절부터 드라마는 언제나 남자와 여자의 도피에 대해 신랄했다.

"……이제 끝난 거야, 우리?"

비정한 사실을 그저 있는 그대로 입에 담기는 쉽다. 그러나 여기에 어떤 다정함이 있단 말인가. 어떤 구제가 있단 말인가.

나는 슬퍼하는 소녀의 눈길에 미소를 보내며 고개를 가로저었다.

"지상에 갈 곳이 없다면, 우리는 하늘을 지향하면 되지."

하늘은 무거운 구름에 가로막혀 있어도 그 너머에는 여느 때처럼 초초히 빛나는 달이 있을 것이다. 하늘의 고독 속에 홀로 남은 나의 동포. 절망을 거부할 용기를 쟁취하기 위해 나는 저 하늘에 있는 붕우(朋友)를 조금이라도 가까이에서 느끼고 싶다.

"당신이 데려가 주는 곳이라면, 어디든."

꿈을 꾸듯 달콤한 목소리로 트리시아가 대답했다. 여기에는 일말의 불안도, 의구심도 없다. 나를 믿고, 나와 함께 있는 데에서만 희망을 보는 소녀의 환희. 모두 남자에게 강함을 가져다주는 축복이다.

쏟아지는 빗속에서 우리는 안벽(岸壁)에 우뚝 솟은 데릭 크레인을 향해 달려갔다. 이 항구에서 가장 하늘에 가까운 장소를 찾아.

사람은 누구나 멸망의 길을 걷는다. 다만, 그 발길이 빠르냐 느리냐의 차이가 있을 뿐이다.

그렇다면 나는 긍지와 함께, 웃음과 함께 걸으리라. 설령 그것이 어리석은 선택이라 하더라도.

*　　*　　*

몰아치는 돌풍도, 비에 젖어 미끄러운 사다리도 우리에게는 장애가 되지 않았다. 높은 곳에 익숙한 나는 그렇다 쳐도 트리시아의 노력은 칭송해 마땅하리라. 보통 여자아이라면 겁을 먹고 움츠러들 것이 당연한 위험한 상황에도 아랑곳 않고 그녀는 기꺼이 내 앞에서 오르고 있었다. 만일 발이 미끄러져 떨어지는 일이 있다면 붙잡아 주고자 긴장하기는 했지만, 그런 걱정도 기우로 끝나 우리는 곧 크레인의 꼭대기, 바다로 크게 돌출된 암 끝에 도달했다.

"굉장해…… 굉장해! 정말로 높아!"

격렬한 비바람에 지지 않겠노라 목소리를 높이며 트리시아가 환호성을 질렀다. 높이는 대략 70미터. 우리의 시야를 가로막을 것은 무엇 하나 없다.

내려다보니 안벽에 모인 트라이어드의 검은 양복들이 마치 조그만 벌레 같았다. 그들은 우리에게 손을 대지 못한다. 그들에게는 이 악천후 속에서 발 디딜 곳도 별로 없는 크레인의 사다리를 타고 올라올 만용이 없다.

그들은 이렇게 생각할 것이다— 이 스콜도 언젠가는 그친다. 그때를 기다렸다가 도망칠 곳이 없는 사냥감을 몰아붙이면 된다고. 참으로 땅을 기는 자들에게 어울리는 사고방식이다. 그러나 나는 다르다. 저 미쳐 날뛰는 하늘에 조금이라도 가까이 다가가고자, 우리는 천금의 가치가 있는 '시간'을 쟁취한 것이다. 그 누구에게도 방해를 받지 않는, 두 사람만의 시간을.

"……이 비가, 계속 그치지 않으면 좋을 텐데."

그렇게 중얼거린 트리시아의 어깨에 팔을 감아, 나는 싸늘하게 식은 조그만 몸을 끌어안았다.

"영원한 밤이 없듯, 그치지 않는 비도 없지. 결국은 찬란하게 빛나는 하늘이 기다리고 있을 터. ……그렇기에 햇살은 아름답지."

"……맞아."

웃음과 울음이 섞인 표정으로 트리시아는 내 팔꿈치를 꽉 잡았다.

만일 우리에게 날개가 있다면 여기서 어디까지고 높은 곳을 향해 날아갈 수 있으련만. 그 누구에게도 방해받지 않고, 영원한 시간을 나눌 수 있으련만.

그러나 그런 달콤한 몽상이 이루어지지 않는다 해도 결코 후회할 필요는 없다. ―우리는 날지 못하기에 올려다보는 하늘의 아름다움을 안다.

"이 장소에서 구름이 걷히고 맑은 하늘이 엿보이는 순간을 지켜보자. 분명 최고의 광경일 테니."

"응."

그렇다. 그것은 분명 멋진 경관일 것이다. 이번 생애 최후의 광경으로도 손색이 없을 만큼.

변덕스러운 남국 하늘이 가져다준 격렬하고도 짧은 소나기. 그 종식과 함께 우리의 운명도 끝을 고한다. 그 후에 찾아올 결단을 지금은 생각하지 않으리라. 지금은 이 소소한 행복이 전부다. 고민은 내세에 해도 된다.

"……앗."

품속에서 트리시아가 몸을 굳혔다. 나는 즉시 눈 아래를 쳐다보는 그녀의 시선을 따라가고, 그곳에서 놀라운 것을 목격했다.

데릭 크레인의 위태로운 발판을 원숭이와도 같이 민첩하게, 소리도 없이 뛰어 올라오는 그림자가 있었다. 마치 어둠 같은, 마치 죽음 같은 칠흑으로 온몸을 감싼 사내. 그 심상찮은 몸놀림에는 안벽에 모여든 트라이어드의 도당들도 놀라 술렁거리고 있었다.

설마, 나나 트리시아에 견줄 만한 각오를 품고 이 비바람이 몰아치는 하늘에 도전하는 자가 있단 말인가.

"……트리시아, 여기서 기다려."

"싫어, 가지 마!"

"괜찮아, 약속하지— 나는 그 누구에게도 너를 빼앗기지 않아."

불안한 듯 만류하는 소녀를 크레인 암 위에 남겨 놓고, 나는 좁은 발판을 따라 암 중간까지 돌아왔다. 마침 검은 옷차림의 사내는 암의 시작 부분에 도달하여 나와 같은 철골 위에 발을 디딘 참이었다.

다부진 체구를 감싼 기모노와 같은 색의 복면이 사내의 얼굴을 가리고 있었다. 유일하게 드러난 눈에서 엿보이는 것은 예리한

빛을 머금은 벽안. 그 눈빛을 본 것만으로도 나는 더 이상 말을 나눌 수 없음을 이해했다. ―이 상대에게 부족함은 없다. 나는 드디어 사력을 다해 상대해야 할 적수를 얻은 것이다.

흑의 사내는 말없이, 공손하게 허리를 구부려 인사하더니 등에 짊어진 무기에 손을 뻗었다. 등줄기가 서늘해지는 음색과 함께 칼집에서 빠져나온 사무라이 소드. 이에 따라 나도 허리춤에 찬 두 자루의 개머리판에 손을 가져다 댔다.

오른손에 '엘레지'―

그리고 왼손에―

◆ 챵 와이산의 경우 : 2

격렬한 빗속, 아득한 머리 위의 크레인에서 사투를 펼치는 두 사내는 옷차림 탓도 있어 마치 서커스의 아크로바트를 보는 것 같았다.

뒤에서 구경하던 레비도, 너무나 기묘한 그 광경을 어이없다는 표정으로 올려다보고 있었다.

"소문으론 들었지만…… 챵 나리, 정말로 저 닌자를 길들였구나."

"그렇지, 뭐."

한번은 치울 작정으로 홍콩에 보냈지만 결국 반송되었다. '도움이 되는 것은 사실이지만 평소에 다루기가 곤란함'이라는 말과 함께. 그야 홍콩 같은 문명권에서 기르기에는 조금 많이 '변종'이었는지도 모른다. 아니, 이곳 로아나프라에서도 난감한 거야 마찬가지지만, 그래도 그나마 기인 괴짜를 받아들이는 데에는 품이 넉넉한 도시이다.

결투는 조용히, 오래도록, 닌자가 휘두르는 두랄루민 곤봉에서 벗어나려는 미남의 구도로 이어졌다. 하는 짓은 우스꽝스럽게 보여도 고도 70미터의 철골 위에서 비에 젖은 발판을 디뎌 가며 전개되고 있다면 이야기가 달라진다.

로튼의 무기는 총인데도 그는 싸움이 시작된 이래 이제까지 아직 한 발도 발포하지 않았다. 저것이 '쏘지 못하는' 것이 아니라 '쏘지 않는' 것이라면 존경스러울 지경이다. 섀도 팰콘은 항상 기선을 제압하고 기괴한 움직임으로 조준을 환혹하며 연속 공격을 펼쳤다. 그 견제를 정확히 간파하고 쓸데없는 발포를 자제해 허점을 주지 않는 것은 어지간히 노련한 건슬링어가 아니고선 불가능한 일이다.

"말이야, 나리, 여기서 저 녀석을 저격해 버리면 안 될까?"

"관둬. 총성에 놀라 트리시아 아가씨가 발을 헛디딜지도 모르니까."

레비라면 진심으로 그런 짓을 저지를지도 모르기 때문에 조금 확실하게 못을 박아 두었다. 아니나 다를까, 성질 급하기로 유명한 투 핸드는 짜증이 난 듯 탄식했다.

"그렇지만 어째…… 좀처럼 결판이 날 것 같지 않은데."

"싸우는 장소가 장소다 보니. 실력보다도 저 높이와 미끄러운 바닥에 얼마나 겁을 먹지 않고 대담하게 움직일 수 있느냐가 문제가 되지."

검법으로는 셴화도 인정했던 섀도 팰콘이 좀처럼 승부를 내지 못하는 이유가 그것이었다. 로튼의 쌍권총이 그리는 사선을 한 수 앞서 간파하고 피하면서, 또한 위험한 발판에 주의를 기울여야만 하는 핸디캡은 크다. 반면 로튼은 전혀 두려움을 모르는 것은 아닐까 싶을 정도로 몸놀림에 주저가 없었다. 결과적으로 두 사람의 공방은 맞버티고 있었으며, 반쯤 비김수의 양상을 띠었다.

"저 자식들, 떨어질지도 모른다는 생각은 안 하나."

"글쎄. 양쪽 모두 진심으로 높은 곳을 좋아하는 거겠지."

"하긴."

고개를 끄덕이는 나와 레비의, 철저히 냉담한 방관 자세. 그러나 아무래도 동행한 청커민 도련님의 역정을 산 모양이었다.

"챵 선생, 저 유괴범은 닌자와의 대결에 정신이 팔려 있습니다. 지금이 트리시아 씨를 보호할 절호의 기회가 아닙니까!"

"아, 그게…… 저 녀석들은 바보니까 저렇게 재미나게 뛰어다니는 거고요, 지금 저 크레인 위는 매우 미끄럽고 위험합니다. 날씨가 좋아지기를 기다리지요."

"제 정혼자는 저런 위험한 곳에 홀로 남아 비를 맞으며 떨고 있습니다! 그걸 그저 손가락만 빨고 보고 있으란 말씀입니까?"

아니, 하지만 그건 자업자득인걸……이라고 중얼거리고 싶어지는 마음을 나는 꾹 참았다. 하지만 그런 나의 침묵이 결과적으로 청 가문의 젊은 도련님에게 각오를 채근하게 된 것 같았다.

"……좋습니다. 그렇다면 제가 가겠습니다."

커민은 결연한 표정으로 윗옷을 벗어 내게 건네더니, 말릴 틈도 없이 데릭 크레인으로 뛰어갔다. 나 이거야 원. 참으로 용맹과감하고 정 많은 분이로군. 만일 그가 발을 헛디뎌 추락사라도 한다면 트라이어드는 부다이방과 전면 전쟁에 나서야 할 텐데,

그런 이쪽의 사정 따위는 개의치도 않는 모양이다.

"내버려 둬도 괜찮겠어, 나리? 푸젠에서 온 도련님이란 게 저 녀석이지?"

"……뭐 어쩌겠나. 무모도 젊음의 특권인데."

하다못해 커민이 위험한 높이에 도달하기 전에 섀도 팰콘이 결판을 내 트리시아 양을 보호해 주지 않을까 하고, 나는 덧없는 기대를 품으며 크레인을 올려다보았다.

"이봐, 레비, 저 도련님이 저렇게까지 분발할 만큼 오설리번 가문의 영애가 괜찮은 아가씨던가?"

내가 그렇게 묻자, 레비는 마치 목덜미에 달라붙은 송충이를 떨쳐 내기라도 하려는 듯 절레절레 고개를 가로저었다.

◆ 트리시아 오설리번의 경우 : 3

격렬한 빗발 속에서 소리도 없이 조용히 사투가 이어졌어.

집요하게 날아드는 닌자의 칼날. 그 흉악한 검이 지녔을 잔악무도한 예리함을 상상하기란 어렵지 않았지. 한 번이라도 맞았다간 로튼은 무참한 피의 꽃송이를 피우며 허공에 스러질 거야.

하지만 그래도 그는 두려워하지 않고 맞섰어. 오로지 나를 지키기 위해.

이젠 그만— 그렇게 있는 힘껏 소리를 지르고 싶은데도, 공포에 얼어붙은 목으로는 신음 소리 하나 쥐어짜 낼 수 없었어.

내가 죽을 각오는 쉽게 할 수 있었지만, 사랑하는 사람을 잃는다는 공포는, 그 모습을 눈앞에서 지켜보게 된다는 끔찍함은 비할 데 없을 정도로 무겁고 괴로웠어.

그가 지금 이 자리에서 목숨을 잃는다면 홀로 남은 나는 어떻게 될까. 그때야말로 의지할 곳 없는 몸이 되어 운명에 희롱당하는 인형으로 전락하는 것 아닐까.

그런 건 싫어. 난 그와 함께 살고, 그의 품 안에서 죽고 싶어. 혼자 남는 건 싫어.

하지만 지금 나에게는 로튼과 함께 싸울 만한 힘이 없지. 그저 속수무책으로 철골에 매달린 채 그의 사투를 지켜볼 수밖에.

그리고— 마침내 두려워하던 순간이 찾아왔어.

로튼의 발이 미끄러진 거야. 아주 살짝이었고, 즉시 자세를 고쳐 일어날 수 있을 만큼 비틀거렸을 뿐이었지만 호시탐탐 그의 허점을 노리던 닌자가 그 기회를 놓칠 리 없었어.

검을 크게 쳐들고 닌자가 질풍처럼 도약해 거리를 좁혔어. 로튼이 총으로 조준할 틈은 없었지. 가령 눈앞의 닌자가 탄환에 맞는다 해도 그 직전에 상대의 검이 먼저 도달하리라 간파했을 거야.

그때 로튼은 두 손의 총을 앞으로 내미는 대신 머리 위에서 교차시켰어. 바로 그 순간 날아든 닌자의 검이 두 자루의 권총 총신에 가로막혀 불꽃을 뿜었어.

휘청. 로튼의 몸이 그대로 뒤를 향해 기울어졌어. 칼날을 막는 데는 성공했지만 바로 직전에 자세가 흐트러진 탓에 베고 들어오는 기세까지 막지는 못했던 거야. 그대로 로튼은 뒤를 향해 쓰러져 갔어. 크레인 암의 끄트머리를 넘어서, 아무것도 없는 허공— 고도 70미터의 나락으로.

그러나 닌자도 칼을 되돌릴 수 없었어. 로튼의 쌍권총은 칼날을 막아 냈던 것만이 아니라 검신을 단단히 붙든 채 놓아주질 않았으니까.

마지막으로 시야에서 사라진 순간— 로튼이 웃는 것이 보였어. 부드럽게, 쓸쓸하게. 먼저 떠나가는 것을 사과하듯. 홀로 살아가야 할 나를 격려해 주듯.

그리고 두 사내는 한데 얽혀 크레인에서 추락했어.

"로튼!"

이번에야말로 비명에 가까운 목소리를 지르며 나는 눈 아래의 바다를 들여다보았어.

호우와 열풍에 미친 듯이 날뛰는 시커먼 해면은 지금 막 집어삼킨 두 사내의 모습 따윈 전혀 의중에도 없는 양 거품을 일으키고 있었어. 사람의 모습이 떠오르려는 기미는 보이지 않았지. 요란한 파도와 바다 소리가 그저 조롱하듯 절망을 노래했어.

"로트으으으은!"

나는 눈물을 뿌리며 외쳤어. 돌아오지 않는 이의 등에, 하다못해 이 목소리만이라도 닿기를 바라며.

어떻게 하면…… 좋아?

이런 잔혹한 세계에, 나 혼자 남아서, 이제부터 어떻게 하면 좋아? 어디로 가야 해? 누가 나를 인도해 주지?

"—시아 씨, 트리시아 씨!"

누군가가 나를 부르고 있어. 미친 듯한 바람 소리에 지지 않겠노라 목소리를 쥐어짜 내며.

"트리시아 씨, 지금 가겠습니다! 거기서 움직이지 마십시오!"

크레인 암 앞쪽에 누군가가 있었어. 신중하게 철골을 따라 이쪽으로 다가오는 것이 보여.

원래는 제법 값나가는 정장 차림이었을 것 같지만 비에 흠뻑 젖어 전혀 고급스러워 보이지 않아. 올백으로 가지런히 정돈했을 것 같았던 머리카락도 이리저리 흐트러져 이마에 달라붙었고. 분명 무서웠을 거야. 멀리서도 이를 꽉 악다문 긴장한 낯빛이 뚜렷이 보였어. 그런데도 철골 위를 나아가는 발은 전혀 멈추질 않아. 반드시 내가 있는 곳까지 오겠다는 확고한 의지. 아몬드 크림색을 한 고운 피부가 흠뻑 젖어서 한층 눈에 띄었어.

똑바로 나를 바라보는 힘찬 눈빛은…… 뭐라고 할까, 그러니까…… 동양의 신비? 유구히 흐르는 4천 년의 로맨스라고나 할까. 다시 말해 뭐냐, 까놓고 말하자면…… 젊었을 적의 존 론에 레슬리 챵의 우수와 켄지 사와다의 야성미를 섞어 놓은 듯한 느낌?

"……자, 손을 잡으세요!"

그가 내민 손에 이끌리듯 나 또한 손을 내밀었어. 비바람에 싸늘하게 식은 손끝을 감싸는 따뜻하고 힘찬 악력.

"이젠 괜찮습니다. 안심하십시오. 당장 여기서 내려 드리겠습니다."

부드럽게 격려해 주는 목소리에는 아악(雅樂)을 연상케 하는 기품과 우아함. 나는 지금 노벨상 급 발견을 했어. —살짝 중국어 억양이 담긴 영어의 인토네이션이란, 엄청 심장을 짜릿짜릿하게 만드는구나!

"당신은…… 누구죠?"

"아, 소개가 늦었습니다. 저는 청커민. 마중이 늦어진 점을 부디 용서해 주십시오, 레이디."

"네에—?"

아아, 이럴 수가……. 이 사람이, 나의 피앙세라니…….

운명의 신은 얼마나 드라마틱하게 나를 희롱하려는 걸까?

문득 빗발이 끊어졌어. 변덕스럽고 즉흥적인 남국의 하늘이 스콜의 광소곡에 싫증이 난 것처럼. 회색 비구름이 갈라지고 눈부신 푸른 하늘에서 밀려드는 햇살이 여러 겹의 빛줄기가 되어 바다로 쏟아져 내렸어.

"정말, 아름다워……."

커민의 손을 잡은 채 나는 멋진 대자연의 경관에 눈길을 빼앗겼어. 이건 분명 두 사람의 출발을 축복하는 하늘의 선물.

이렇게 해서, 파란만장했던 남쪽 섬의 대모험은 막을 내렸어. 찬란하게 빛나는 바다와 하늘이 준 최고의 피날레를 나는 분명 잊지 못할 거야.

고마워. 그리고 바이바이, 로아나프라…….

그리고 어서 오세요, 안녕 나의 웨딩 벨!

◆ 이디스 블랙워터의 경우 : 6

전화기 너머로 전하는 구두 보고를 나는 매우 단적이면서도 망설임 없이, 요점만을 집어 간결하게 15분 이내에 정리했다. 쓸데없이 말을 꾸며 굴욕의 시간을 늘리느니 날카롭고 짧은 고통이 그나마 견디기 쉬운 법이다.

"—이상이 이곳 로아나프라에서 있었던 '페르세포네 작전' 제3페이즈 이후의 개요였습니다. 상세한 내용은 후에 정식 문서로 제출하겠습니다."

『…….』

위성을 통한 전화 회선 너머— 랭글리의 오피스에 있는 리처드 레이븐크로프트의 침묵은 얼음처럼 차가웠다. 지구 반대편에 있는 그의 무뚝뚝한 얼굴이 눈에 선했다.

"어쨌든 에이전트 '위저드'의 배임 행위를 미연에 저지하지 못했던 것은 저의 책임입니다. 어떤 처분도 감수할 각오로—"

『—아닐세. 이번 건에 관해 자네가 견책을 받는 일은 없을 걸세. 보고서 제출도 필요 없네.』

예리한 날붙이처럼 끼어든 레이븐크로프트의 말에 나는 한동안 대답을 찾지 못했으며, 그다음에는 귀를 의심했다. 그 미미한 동요의 틈새에 그는 다시 말을 겹쳤다.

『에다, 오해가 없도록 확실하게 말해 두겠네. 서면으로 보고했다간 큰일 나네. 본 작전은 제2페이즈로 넘어가는 일 없이 실패하여 파기되었다는 내용이 DO의 공식 기록으로 남아 있네. 쓸데없는 자료가 늘어났다간 심각한 혼란을 초래하게 될 걸세. 알겠나?』

"아니, 하지만—"

『대릴 부부장은 실패의 책임을 지고 강등당했네. 에다, 자네가 관여하지 않은 단계에서 '페르세포네 작전'은 종료된 걸세.』

당황하는 나를 다독이듯 레이븐크로프트는 다소 목소리를 누그러뜨렸다.

『……물론 자네의 보고도 어떤 의미에서는 의의가 있었네. 로아나프라가 진정한 마계임을 새삼 인식시켜 주었지. 그 도시에서는 어떤 괴기 현상이 일어나더라도 이상하지 않아. 역시 적극 간섭은 피하는 방향으로 우리의 방침을 통일해야겠어.』

"과장님, 주제넘은 말인 줄은 알지만— 들려주실 수 있는 범위 내에서 설명을 부탁드려도 되겠습니까?"

분수를 파악하지 못한 질문임을 알면서도 나는 묻지 않을 수 없었다. 사실이 명료하지 못한 채로는 앞으로의 처신을 결정할 수도 없다. 대체 컴퍼니의 밀실에서 어떤 거래가 있었는지, 나는 알아 둘 필요가 있었다.

『…….』

레이븐크로프트는 무언가 망설이는 것처럼 뜸을 들이더니, 마치 정신 상담소의 테라피스트처럼 신중한 어조로 말을 꺼냈다.

『어젯밤, 태국 주재 네덜란드 대사관에 도착한 보고를 방수했네. 사흘 전에 방콕에서 교통사고를 당해 신원 불명인 채 처리될 뻔했던 시체가 네덜란드 국적 관광객임이 판명되었다더군. 이름은 카디너스 셔링엄. DO가 '위저드'라는 코드네임으로 고용했던 공작원일세. ―알겠나? 그는 트리시아 오설리번이 로아나프라에 도착하기 전날 사망했던 거야.』

현기증이 나서 나는 하마터면 핸드폰을 떨어뜨릴 뻔했다.

내 귀가 잘못된 건가? 아니면 뇌가? 아니면 전화선 너머의 레이븐크로프트가?

먼 기억 저편에서 어렸을 적 TV에서 본 '환상 특급'의 테마곡이 흘러나왔다. 혹시 이 전화는 시공의 벽을 넘어 평행 세계의 랭글리로 이어진 것이 아닐까?

『물론 나도 자네가 올린 보고의 신빙성을 의심하고 싶지는 않네. 그렇기에 나도 좀 묻겠네. ―에다, 자네는 이번 임무를 수행하면서 대체 어디의 누구와 팀을 짰던 건가?』

◆ 레베카 리의 경우

이런 일을 하다 보면 뱃속에 얼음 덩어리를 삼킨 것 같은 기분이 들어 버릴 때가 가끔 있다.

총알이 머리 바로 옆을 스쳐 자기 머리카락 타는 냄새를 맡거나, 접근전 도중에 탄피가 약실에 걸려 버린다거나. 그런 등줄기가 싸해지는 기분을 맛보면, 한동안 오한이 몸에서 떠나질 않은 채 위장 안에 자리를 쳐 잡고 앉아 있는— 그런 경험은 드물지 않다.

그럴 때의 대처 방법은 매우 간단하다. 불이 붙을 정도로 독한 바카디를 들이부어 내장을 태워 버리는 거다. 그러면 어지간한 '얼음'은 녹아서 흘러내려 가고 다음 날 아침이면 그야말로 빗나간 로또 번호만큼이나 시답잖은 기억으로 전락한다.

그래서 오늘 밤도 난 바오네 가게에서 평소의 효능을 기대하고 백약의 왕인 알코올을 연거푸 목으로 흘려 넣고 있었다. 밤은 이제 막 시작됐는데도 오늘은 벌써 이것으로 다섯 잔째. 그런데 어째서인지 위장에 달라붙은 오한은 좀처럼 녹아내릴 생각을 안 한다.

"……뭐, 어쨌거나 한 건 해결한 셈이지?"

조금이라도 밝은 화제를 기대하고 나는 옆자리 스툴에 앉은 록에게 그렇게 말을 걸어 보았다. 그런데 이 둔탱이는 부모 장례식 같은 낯짝으로 '과연 그럴까.' 같은 맥 빠지는 소리나 지껄이고 앉았으니.

"레비, 우리가 해치운 남자 말인데, 그놈이 정말 CIA였을까……? 난 아직도 수긍할 수가 없어."

"아앙?"

"그 일이 있고 나서 곧바로 미스터 챵이 시체의 신원을 확인해 봤거든. 그놈은 지베르라고 하는데, 길거리 강도 말고는 재주도 없는 뜨내기였다는 거야. 어쩌다 돈을 벌어도 싸구려 술과 약으로 다 써버릴 뿐이고. 어느 술집에서나 진상 취급이었다나 봐."

"헹, 오히려 정체가 탄로 났으니 잘된 거 아냐? 그런 쓰레기 같은 빈대 행세를 했으니 아무도 CIA라곤 의심 못했겠지."

"아니, 정체를 위장한다고 해도 한도가 있어. 제대로 된 공작원이라면 좀 더 활동에 적합한 커버를 마련할걸. 이런저런 장소에 드나들며 이런저런 사람들과 거래를 할 만한 입장이 아니고선 로아나프라의 정세를 파악할 수 없잖아. 단순한 좀도둑이 이자크나 리로이를 찾아가면 그것만으로도 다들 수상쩍게 생각할걸."

기껏 손에 든 글라스에 술을 가득 따라 줬는데, 록은 스트레스를 풀 생각이 전혀 없는지 그저 카운터의 나뭇결만 쳐다보며 생각에 잠겨 있었다.

"……그럼 그 지베르란 놈도 말단 딱가리였던 거 아냐? 뭐 어때. 그놈의 친구인지 깔치인지 이웃 사람인지, 어쨌든 흑막과 이어진 단서는 있겠지. 챵 나리가 힘 좀 쓰면 사흘도 안 돼서 전부 밝혀낼걸."

"아니야…… 단순한 하수인이었다고 해도 질이 너무 안 좋아. 결국 그놈은 나한테 찰과상 하나 입히지 못한 채 죽었어. 솜씨가 너무 서툴러. 그건 암만 생각해도 프로가—"

아, 그렇구먼— 그제야 나는 깨달았다.

오늘 얼어붙었던 건 내 등줄기가 아니라 이 멍청이의 내장이었던 거다. 그 냉기가 내 몸을 식힌 거다. 나 혼자 취해 봤자 아무런 해결도 안 되는 게 당연하지.

"그게 불만이야? 물건 한 알 뜯겨 나가는 꼴을 겪어야 수긍하겠다 이거야?"

"—뭐?"

"네가 지금 어떻게 그렇게 고매하신 말씀을 늘어놓을 수 있는지 모르겠냐, 록? 만약 발랄라이카 언니가 삐쳤으면 넌 그 '질 나쁜 좀도둑'한테 엉덩이 따먹히고 시궁창에 버려졌을 거라고."

내가 갑자기 험악하게 나서자 록은 딱총 맞은 비둘기 같은 얼굴로 당황했다. 그 천하태평인 꼬라지가 더더욱 나를 화나게 만들었다.

"내가 총이고, 네가 탄환이라고— 너 얼마 전에 그렇게 말했지. 근데 이번엔 어땠어? 총인 내가 애나 보고 앉았고, 도움도 안 되는 탄환 혼자 도박하러 굴러들어 갔지. 이게 대체 뭐하자는 짓이야?"

"레비와 함께 있으면 미끼 노릇을—"

"아— 그래, 나도 안다고. 네가 자청한 역할은 탄환이 아니라 낚싯바늘이었어. 하지만 낚싯줄도 낚싯대도 없이 연못에 빠지면 그건 낚싯바늘이 아니라 그냥 고철이야. 그래도 넌 연못에 뛰어들었어. 낚싯줄과 낚싯대 준비를 운에 맡긴 채 말이야."

애초에 나는 이번 사태의 시작부터 죄다 마음에 들지 않았다. 더치가 괜한 변덕을 부리지 않았으면 이런 괴상한 일에 고개 들이미는 짓도 안 했을 거다. 우리 보스는 무슨 생각으로 록에게 또 이런 돼먹지 못한 불장난을 시킨 건지.

"—록, 내가 묻고 싶은 건 말이야, 네가 얼마나 진심으로 살아 돌아올 공산을 세웠는가 하는 거야. 이딴 도박에 목숨을 걸고, 정말로 이길 가망은 있었냐?"

"그야……."

운이 나빴으면 그것뿐—이라든가.

애초에 죽을 각오를 했다—라든가.

그딴 멋 부리는 소리를 지껄였다간 턱에다 힘껏 한 방 먹여 줘야겠다고, 나는 잔을 들지 않은 손을 몰래 꽉 쥐었다.

"……그야, 물론이지. 나도 자살 희망자는 아니니까."

"허어?"

나는 불신감을 드러낸 시선으로 되받아쳤다.

"그 전쟁 중독자 언니가 뱃속에 뭘 품고 있는지는 나름 오래 알고 지낸 나도 전혀 감이 안 잡히는데? 록, 너는 그게 다 내다

보인단 말이야?"

"……발랄라이카 씨는, 파멸로 가는 이야기를 그냥 넘기지 않아. 반드시 결말을 지켜보려 하지. 그래서 이번에도, 내 행동이 파멸적이면 파멸적일수록 분명 그녀가 나설 거라고 판단했어. 틀림없다고, 그렇게 생각했기 때문에 도박을 건 거야."

"……."

거듭 질문을 퍼붓는 대신, 나는 잔에 남아 있던 술을 단숨에 비웠다.

탄환은 허공에 대고 적당히 갈겨 대면 쇳조각밖에 되지 않는다. 무언가를 정확히 꿰뚫어 의미를 얻는 탄환은 확실하게 조준하고 쏜 한 발뿐. 당연한 이치다.

록이 스스로 결정한 조준은, 내가 한마디 하자면, 완전 엉터리였다. 눈을 가리고 표적을 굴리면서 쏘는 곡예 사격이나 마찬가지다. 하지만 이번에는 어쨌거나 맞혔다. 깔끔 쌈빡하게 한복판을 뚫은 건 아닐지 몰라도, 허공에 헛되이 탄환을 버리지 않은 것은 사실이다. 그것만은 인정해 줄 수밖에.

"……록, 언니를 우습게 보지 마. 그 여자를 예측할 수 있다고 착각했던 놈들은 모조리 무덤 밑에서 구더기 밥이 됐다고. 명심해. 이번엔 운이 좋았던 것뿐이야."

"그렇구나— 그럴지도."

록은 순순히 수긍하고는 다시 잔 속의 술로 슬쩍 입술을 축였다.

이놈은 이놈대로 뱃속에 얼음을 끌어안고 있을 텐데. 그 감촉을 어떻게 생각하고 있는지, 물을 수 있다면 묻고 싶다.

"여, 여, 왜 둘이 인상 구기면서 어깨 늘어뜨리고 있어?"

그때 눈치도 없이 목소리를 높이며 끼어든 것은 에다였다. 평소의 수녀복이 아니라 놀러 나갈 때의 차림이다. 미니스커트는 손바닥만 하고, 탱크톱은 시건방지게 커다란 가슴의 골짜기를 강조하는 용도밖에 안 되어 배꼽을 가리기에도 부족하다. 이딴 게 신에게 정조를 맹세한 수녀라면 바빌론의 창녀는 대체 어떤 꼬락서니를 했단 건지.

"뭐냐, 록? 낮에는 그렇게 기세등등하더니."

"어, 뭐, 이것저것 의도가 빗나가는 바람에……."

"뭐어어? 네가 대박 쳤을 거라 기대하고 일부러 뜯어먹으러 왔더니."

이 망할 수녀가 아니꼬운 점은 두 가지— 언제나 야비하게 포커를 치는 거 하고, 틈만 나면 나를 내버려 둔 채 록을 가지고 놀려 한다는 거다.

"야, 노출광! 누구한테 술 뜯어먹고 싶으면 로완네 가게에 가서 스테이지에다 그 조잡한 천 조각을 벗어 던져 보라고. 혹시 모르잖아, 너 좋다고 달려드는 괴짜 변태가 없으리란 법도 없으니까."

"어라라? 오늘 밤도 기분이 영 삐딱한걸, 투 핸드. 오늘도 생리 불순이야?"

그래, 좋다. 싱글싱글 쪼개고 있는 그 낯짝이 엉망진창이 될 때까지 두들겨 패서 울분을 푸는 것도 나쁘지 않지.

"All right! 싸움 거는 거면 받아 줄게. 냉큼 밖으로 나와."

"착각하지 말라고. 술집에선 시비 거는 것보다 더 재미난 일들이 있잖아?"

그렇게 말하더니, 에다는 뭘 잘못 처먹었는지 트루아 리비에르의 엄청 비싼 술을 병째 바오에게 주문했다.

"난 오늘 밤엔 한껏 소란 피워서 스트레스 해소하고 싶은 기분이거든. 내가 쏠게. 특히 거기 넥타이 맨 수완가 오빠하고는 꼭 좀 건배하고 싶어서."

"야, 짜샤! 우리 선원 꼬이지 말라고 내가 몇 번이나—"

내가 말을 마치기도 전에 에다는 봉인을 뜯은 술을 멋대로 따라 넘겨주었다. 언제나 돈 씀씀이는 어이없을 정도로 짠 여자가 오늘 밤은 대체 무슨 바람이 분 건지.

"자, 자, 록 너도. 그딴 싸구려 술은 냉큼 비워 버리고."

"—그럼 사양 않고."

록은 나와 달리 의심하는 기색도 없이 잔을 단숨에 비우더니 싹싹하게 에다에게 잔을 내밀었다. 나 원, 찜찜해서 미치겠네. 이 술이 나중에 비싸게 돌아오지 않았으면 좋겠다만.

"야, 에다."

"신경 쓰지 말래도. 주의 신묘한 계획은 범부가 헤아릴 수조차 없는 법이야. 나도 이제야 몸으로 깨달았다 이거지."

“……뭐래.”

“인생 복잡하게 생각할수록 손해 본단 소리야. 결국은 들떠서 소란 피운 놈이 이기는 거라고.”

뭐가 뭔지 알 수 없는 소리를 지껄이며 에다는 건배하자고 잔을 내밀었다.

뭐, 됐어. 사정이야 어쨌든 그 말만은 수긍이 가니까. 그냥 간담만 서늘해지는 인생 따위 사양할 테다. 너무나도 긴 밤을 취기로 지새우게 해줄 술이 있다면 일단 불만은 미뤄 놔도 되겠지.

◆ 에필로그 – 프레데리카 소여의 경우 : 2

은발의 미장부와 흑의의 암살자는 비가 쏟아지는 폐허에 서서 대치하고 있다. 벌써 몇 번째인지 알 수 없는, 끝없이 이어진 전투의 운명에 이끌려.

이제는 말을 나눌 것도 없다. 두 사람은 신중하게 간격을 재며 느릿느릿, 조용한 걸음걸이로 위치를 바꾸며 서로에게 달려들 절묘한 시기를 가늠했다.

팽팽해진 살기에 대기가 얼어붙고 시간의 흐름조차 정지한 것처럼 느껴지는 침묵 속에서 들린 것은 그저, 희미한 술렁임과도 비슷한 빗소리뿐.

—먼저 나선 것은 암살자였다.

그림자와도 같은 거구가 질풍처럼 달려들고, 날카롭게 바람 가르는 소리와 함께 관수와 수도의 콤비네이션을 퍼붓는다. 은발 미장부는 당황하는 기색도 없이 방어에 전념한다. 물 흐르는 듯 받아넘기는 손놀림은 최소한도의 동작이어서, 상대가 더 유효한 타격으로 공격을 이어 나갈 기회를 주지 않는다.

갑자기 미장부가 몸을 돌리더니 적의 연격 사이에 카운터 백너클을 꽂았다. 얕다고는 하지만 턱에 명중. 암살자는 자세를 무너뜨리기 전에 재빨리 후퇴해 태세를 재정비하고자 했다.

그러나 그렇게 어설픈 심산은 허용하지 않겠다는 양 미장부는 방어에서 돌연 열화와 같은 기세로 반격에 나섰다. 맹렬히 한 발을 내디딘 것과 동시에 날아든 돌려차기. 부츠 굽이 멋지게 흑의의 가슴팍에 꽂힌 것처럼 보인 그 순간— 암살자의 거구가 아지랑이처럼 흔들리고 사라졌다.

이것이야말로 비기(秘技) 환영분신술. 암살자의 본체는 미장부의 등 뒤로 돌아가 있었다. 완전히 무방비한 그의 뒷덜미에 이번에야말로 필살의 위력을 담은 날라차기가 작렬한다.

그러나 미장부는 마치 이 기술을 기다리고 있었던 양 순식간에 자세를 바꾸어 상대의 발을 잡고 있었다. 기사회생의 받아 던지기. 암살자의 거구는 마치 나뭇조각처럼 날아가 대지에 처박히고—

아니, 그 직전에 암살자는 고양이 같은 몸놀림으로 회전하더니 산뜻하게 발부터 착지했다. 게다가 지금의 던지기를 받으면서 기합 게이지가 100%까지. 지체 없이 발동된 궁극신권 '버닝 대 에도 풍차 코토부키'— 닌자는 홍련의 불꽃으로 몸을 감싸고 빙글빙글 돌며 미장부를 향해 돌진한다!

—으음, 대단한데.

안 그래도 로튼의 캐릭터는 받아 던지기 성능이 치트 수준인데, 그 타이밍에 낙법을 성공시키고 심지어 기합 게이지가 MAX에 도달한 것을 확인하자마자 궁극신권 커맨드를 선행 입력하다니.

뜨겁게 달아오른 대전 플레이의 너무나도 수준 높은 내용에 나는 숨 쉬는 것도 잊고 화면을 들여다볼 수밖에 없었다.

애초에 이 격투 게임은 로튼이 혼자 너무 열심히 하는 바람에 쓸데없이 실력이 늘어서 나는 도저히 상대가 안 됐다. 그런데 그는 어디서 이렇게 마음이 맞는 괴짜를 발견했는지. 이 쓸데없이 몸집 좋은 손님의 테크닉은 로튼과 맞먹는 고수의 영역……이라기보다는 명백한 폐인 플레이의 상습범이 틀림없었다.

애초에 닌자 캐릭터를 조작한다고 자기도 전신 코스프레를 하고 패드를 쥔 점부터 기합이 다르다. 이런 쓸데없는 노력, 나는 싫어하지 않는다.

대체 어디 사는 누구인지 본인도 이름을 대려 하지 않았고, 로튼도 소개해 주지 않았다. 어쨌거나 어젯밤 둘이 나란히, 어째서인지 물에 빠진 생쥐처럼 되어 방에 들어오는가 싶더니 계~속 격투 게임 대전에 몰두하여 지금에 이르렀다. 이제 곧 날도 밝으려 하는데 두 사람의 승률은 일진일퇴 오십보백보, 전혀 결판이 나질 않는다.

집주인인 셴화가 어쩌다 급한 일을 맡아 집을 비운 것이 다행이었다. 바라건대 그녀가 귀가하기 전에 물러나 주었으면 싶지만…… 두 사람의 열기를 보면 아무래도 허망한 바람일지 모르겠다. 외출한 사이에 모르는 손님이 집에 왔다는 것을 알면 셴화는 분명 크게 화를 내겠지. 나는 연대책임을 지고 싶지 않지만, 과연 무슨 변명을 준비해야 좋을지…….

뭐, 로튼이 무사히 돌아왔으니 그걸로 좋게 넘어가 주지 않을

까 하고 얄팍한 기대를 품을 수밖에 없으려나.

지금이니 고백하는 거지만, 로튼이 갑자기 행방을 감추고 말았던 배경에는 나한테도 일말의 책임이 있다.

따지고 보면 셴화가 집을 비운 동안 그녀가 애용하는 독일제 고급 깃털베개에 로튼이 깜빡해 커피를 쏟아 얼룩을 만들고 말았던 것이 모든 일의 시작이었다. 로튼이 당황하는 모습을 보는 바람에 나도 그만 신이 나서, 셴화가 얼마나 그 베개를 아끼는지, 그녀가 돌아오면 얼마나 호되게 야단을 칠지 들려줬는데…… 아무래도 과장과 연출이 좀 심했는지, 로튼은 견디지 못하고 얼룩 묻은 베개를 든 채 집을 나가 버렸던 것이다.

그때는 언젠가 포기하고 셴화에게 사과할 각오가 되는 대로 돌아오겠거니 대수롭지 않게 생각했지만, 이놈의 베개를 옐로우 플래그에서 터뜨려 먹었다는 말을 듣고서야 나도 사태가 얼마나 심각한지를 인식했다. 아마 로튼은 대신할 베개를 얻을 때까지 돌아오지 않을 테고, 그것이 발단이 되어 더욱 심각한 트러블을 일으킬 경우, 로튼의 가출 원인이 나에게 위협을 당했기 때문이라는 사실이 탄로 난다면 매우 성가신 일이 벌어질 것이다. 솔직히 말해 로튼이―수수께끼의 손님과 함께라곤 해도―무사히 돌아와서 나는 겨우 가슴을 쓸어내릴 수 있었다.

그리고 문제의 깃털베개는, 바로 조금 전 라군 상회의 록이 가져다주었다. 셴화가 쓰던 것과 전혀 다를 바 없는 바우어사의 최고급 제품이었다. 듣자 하니 이걸 사려고 일부러 팡칼피낭까지

배를 타고 갔다 왔다던가. 대체 무슨 경위로 로튼이 라군 상회와 교섭해 베개 조달을 의뢰할 수 있었는지 록은 아무런 설명도 해 주지 않았다. 그는 그저, 곁눈질도 하지 않고 격투 게임에 몰두한 로튼과 닌자 차림의 거한을 무어라 형언하기 힘든 눈빛으로 바라보더니, 그대로 잠자코 돌아가 버렸다.

베개의 재조달에 이른 경위에 대해서는 당사자인 로튼 본인에게도 물어봤으나.

"우연히 들렀던 교회에서 주운 휴대전화로 신께서 말을 거시는 바람에 한껏 저항해 주었지. 훗……."

……이라고, 도저히 웃을 수 없는 수준으로 거시기한 대답을 하는 바람에 그 말은 셴화에겐 절대 하지 말라고 못을 박아 놓았다. 우리 집주인도 어지간한 일에는 너그럽지만 예전 파트너였던 약물 중독자 드라이버는 결국 병원에 보내 버리지 않았던가. 그녀에게도 포기에 이르는 단계가 있는 것이다.

—여전히 화면 속에서 펼쳐지는 닌자와 은발 미장부의 사투는 끝날 줄 몰랐다. 닌자가 링 아웃 패배한 순간, 수수께끼의 손님은 말없이 컨티뉴를 선택했다. 승률은 양쪽 모두 50퍼센트대를 유지한다. 이제는 정말 끝이 없다. 난감하다. 셴화는 아침에 돌아오겠다고 했고. 로튼만 야단맞는다면 다행이지만…….

한숨을 쉬는 김에 나는 기분 전환 삼아 체인 톱을 손질하기로 했다. 장사 밑천의 컨디션에는 항상 주의를 기울여야 한다. 시체 청소 일은 언제 불려 나갈지 알 수 없다. 이 도시는 로아나프라니까. 오늘도, 내일도, 모레도, 어딘가에 굴러다닐 시체의 수는 그야말로 일일이 셀 수도 없다.

〈끝〉

이 작품은 픽션이며, 등장인물, 단체, 지명 등은
실존 명칭과는 일체 관계없습니다.

역자 후기

요즘은 플라스틱으로 만든 총도 약간 좋아합니다.

안녕하세요. 역자입니다.

본문의 스포일러를 펑펑 터뜨리는 역자 후기이니, 스포일러 내성이 없으신 분은 첫 페이지로 돌아가 주시기를 권합니다.

우로부치 겐과 히로에 레이의 걸작 콜라보레이션 소설 제2탄입니다. 사실 일본에서는 3년 전에 발매된지라 소식을 미리 접하고 애타게 기다리신 분들도 계실 거라 생각합니다. 그리고 드디어 이렇게 발매됐습니다!

다만 1권의 무겁고 심각한 분위기를 기대하셨던 분들은 조금 의외였을지도 모르겠네요. 막상 뚜껑을 열어 보니 내용은 개그. 게다가 찬란하게 부활해 주신 그, 뭐냐…… 닌자. 인터넷에서는 '기승전섀도팰콘'이라는 감상도 봤습니다만, 크게 다르지 않다고 생각합니다. 등장한 장면은 세 페이지 정도밖에 안 되는데 임팩트는 압도적이군요. 우로부치 선생님, 정말 좋은 캐릭터를 만들어 주셨습니다. 부디 만화판에서도 나와 주었으면…….

넵, 무리겠지요.

전체적으로 개그이기는 해도, 최소한 프롤로그가 끝나 에이전트 블랙워터(에다)가 등장했던 첫 챕터는 지극히 진지했습니다. 미국 재계의 거물과 중국공산당 거물의 국제 유착. 이를 막기 위해 자국인에게 손을 대는 금기를 저지르려 하는 CIA. 이 어두운 음모의 처리장으로 선택된 로아나프라. 그리고 그 현장 지휘 요원이 된 에다. 그야말로 멋들어진 국제 음모극 시나리오의 예감이 팍팍 들지요.

하지만 우리들의 스타일리시 마술사가 얽히기 시작하면서 사태는 걷잡을 수 없는 방향으로 치닫습니다. 청순티엔의 명령으로 트리시아를 구하러 온 푸젠 마피아들이 끼어들고, 자신의 앞마당에 허락도 없이 쳐들어온 외부인의 존재를 간과할 수 없는 창 따꺼가 등장하고, 로튼을 찾아 나선 소여와 셴화가 더해지고, 트리시아의 약혼자인 도련님까지 나오고, 마지막엔 닌자까지. 아, 발랄라이카 누님도 나오셨죠. 라군 상회 또한 한몫을 담당하지만 이번에도 '샤이타네 바디' 때와 마찬가지로 역시 조연 역할. 어떻게 보면 로튼에게 로아나프라의 주요 얼굴들이 모두 휘둘렸다고 할 수 있겠네요. 본인에게 그런 자각이 있었는지는 둘째 치더라도.

결국 CIA가 터뜨렸던 이 국제 음모극은 로아나프라의 어둠에 잡아먹히고, 로아나프라에서 살아가는 이들은 변함없는 생활로 돌아가는, 그런 이야기 되겠습니다. 뭐, 그래도 대략 한 쌍은 행복해질 것 같으니 잘됐다고 생각하죠. CIA가 앞으로도 또 방해할지 모르지만 사랑에는 장애물이 있어야 타오른다고 하잖아요. 핫핫핫.

내용과는 별도로, 이번에도 세세한 설정이 추가되어서 그것 또한 읽는 재미가 될 것 같습니다. 에다와 레비의 풀 네임이라든가, 소여가 평소에는 어떤 일을 하는지, 셴화네 삼총사가 어떻게 한집에서 살게 되었는지. 이런 점들이 만화판 10권 이후에 어떻게 반영되는지 비교해 보는 것도 재미있지 않을까요. 게다가 이번에는 소설이라는 매체의 특징을 잘 살려 주는 1인칭 시점의 서술이어서 캐릭터들의 미묘한 심리묘사도 볼거리가 되었다고 생각합니다.

1인칭 하니 생각났는데, 개인적으로 블랙 라군에서 대사를 번역할 때 가장 신경을 많이 쓰고 공도 많이 들이는 캐릭터는 셴화입니다. 말할 것도 없이 특유의 말투 때문인데요(물론 애정도 있지만). 이번에는 자신의 서툰 영어에 불편해하는 그녀의 심리가 곳곳에 드러나 매우 재미있었습니다. 특히 중국어(정확하게는 대만어) 욕설을 영어로 하지 못해 답답함을 느끼는 부분이 개인적으로는 가장 큰 개그이자 모에 포인트였습니다.

이 중국어 욕은 원문에서도 한자 표기만 있을 뿐 뜻을 달아 놓지 않아서, 읽을 때는 모르고 '그냥 욕인가 보다.' 하는 편이 더 재미있을 거라 생각해 주석도 달지 않고 그대로 두었습니다. 이 자리를 빌려 설명을 드리자면 등장 순서대로 他媽的(타마더)=제기랄, 吃軟飯(치루안판)=빌어먹을, 你這個惱殘豬頭(니저거나오찬주

터우)=이 맛 간 돼지머리 같으니…… 정도 뜻이라고 보시면 되겠습니다. 참고로 책에 실을 수 있을 정도로 순화한 내용임을 감안해 주세요. ^^; 중국 욕도 상당히 세더군요……. 네? 하나 더 있지 않느냐고요? 어, 그게, 幹你娘老機歪(간니냥라오지와이)는…… 뭐, 어머니의 안부를 묻는 내용입니다. 흠흠.

……경고합니다만, 중국분들에게는 절대 써먹지 마세요. 국제 문제 납니다.

비교적 짧은 내용이었는데도 내용이 재미있어 후기에 쓸 말이 이것저것 늘어나네요. 이만 줄이지 않으면 만화판 10권 이야기까지 해버릴 것 같으니 이만 줄이도록 하겠습니다. 소설판 3권도 나와 주면 좋겠는데, 요즘 우로부치 선생님이 참 바쁘셔서 말이죠…….

그러면 저는, 다음이 있을지 모르겠지만 또 뵙겠습니다.

2014년 10월

셴화네 삼총사의 외전 소설을 기대하며

김완

블랙라군

죄 많은 마술사의 발라드

초판 1쇄 인쇄 / 2015년 2월 10일
초판 1쇄 발행 / 2015년 2월 21일

글 / Gen UROBUCHI(Nitroplus)
원작, 일러스트 / Rei HIROE
번역 / 김 완
펴낸이 / 오영배
편집진행 / 삼양코믹스 일본만화 편집부
책임편집 / 삼양코믹스 일본만화 편집부
펴낸 곳 / (주)삼양출판사

주소 / 서울 강북구 도봉로 173 캠프빌딩 6층
편집부 전화 / (02) 980-2140
영업부 전화 / (02) 980-2112
FAX / (02) 983-0660
등록번호 / 제 9-46호
등록일자 / 1999년 3월 11일

블랙라군 -죄 많은 마술사의 발라드-
우로부치 겐(니트로플러스), 히로에 레이

BLACK LAGOON 2 TSUMIBUKAKI WIZARD NO BALLAD by Gen UROBUCHI(Nitroplus), Rei HIROE

Original Japanese edition published by SHOGAKUKAN.
Korean translation rights in Republic of Korea arranged with SHOGAKUKAN
through The Kashima Agency / Bookpost Agency.

ISBN 979-11-313-0150-0 04830